Elfi Sinn

Ab jetzt volles Risiko!

Unglaubliche und fantastische Geschichten -7-

Bibliografische Information der Deutschen Nationalbibliothek:
Die Deutsche Nationalbibliothek verzeichnet diese Publikation in
der Deutschen Nationalbibliografie; detaillierte bibliografische
Daten sind im Internet unter http://dnb.dnb.de abrufbar.

© 2024 Elfi Sinn

Verlag: BoD • Books on Demand GmbH, In de Tarpen 42,
22848 Norderstedt
Druck: Libri Plureos GmbH, Friedensallee 273, 22763 Hamburg
Titelbild: Matthias Handrek unter Verwendung von
Motiven von 123RF
ISBN: 978-3-7583-4041-3

Inhaltsverzeichnis

Der Geheimtipp

Trixi Schneider liebte ihren vierjährigen Sohn Finn über alles, aber nachdem er sich in der Nacht zweimal übergeben und sie jedes Mal seine gesamte Wäsche gewechselt hatte, war sie heilfroh, als ihre Mutter am Morgen die Krankenbetreuung übernahm und sie nach draußen scheuchte.

Die Sonne schien, aber es war noch ziemlich frisch. deshalb zog sie sich ihre warme grüne Jacke, die sie selbst entworfen und genäht hatte um die schmalen Schultern und lief einfach los. Um die Müdigkeit zu verscheuchen, atmete sie die frische Frühlingsluft tief ein und sah sich neugierig um.

In der Südstadt kannte sie sich noch nicht aus, denn sie war erst vor kurzem in das Haus ihrer Mutter gezogen. Dieser Schritt war ihr nicht leichtgefallen, aber sie brauchte dringend eine neue Umgebung und glücklicherweise wurde die Einliegerwohnung in ihrem Elternhaus gerade frei. Davor hatte sie im Nachbarort gelebt und lange geglaubt den Hauptgewinn in der Liebe gezogen zu haben. Nils war etwas älter als sie und schon ein bekannter Architekt als sie sich kennenlernten. Er war der erste Mann, der sich nicht dran störte, dass sie bereits ein Kind hatte. Er fragte nicht einmal nach dem Vater des Kindes, wie andere Männer, die sie gekannt hatte und das empfand sie als sehr angenehm, weil sie den am liebsten total vergessen hätte. Diese Nacht mit dem berühmten Schriftsteller war wirklich der größte Fehler ihres Lebens gewesen, denn er erwies sich als selbstgerechter Egoist der Sonderklasse. Aber immerhin war daraus Finn entstanden, der für sie das größte Glück bedeutete. Also wollte sie auch gar keinen Kontakt zu seinem Vater, sondern ihren Sohn alleine großziehen, bis sie Nils traf.

Er verwöhnte sie von Anfang an, vermittelte ihr täglich das Gefühl, sein Alles, seine Prinzessin zu sein. Wann hatte ihr vorher ein Mann Blumen geschenkt? Die Jungs, die sie kannte luden sie vielleicht ins Kino oder in die Diskothek ein, aber Nils schickte ihr 22 rote Rosen zum Geburtstag, lud sie in ein Restaurant hoch über den Dächern der Stadt ein und legt ihr nicht nur so die Welt zu Füßen. Schon nach kurzer Zeit waren sie und Finn in sein Haus gezogen, das in mehreren Etagen direkt an einen Felsen gebaut war und von dessen Terrasse man weit über die Stadt sehen konnte. Trixi fühlte sich wie in einem der Liebesromane, die sie regelmäßig verschlang. Sie gewöhnte sich schnell ein, lernte das große Haus zu verwalten, wichtige Gäste stilvoll zu bewirten und hatte doch immer das Gefühl, dass etwas Entscheidendes fehlte. Nils überhäufte sie ständig mit Geschenken, sandte ihr Blumen, wenn er verreisen musste, besuchte mit ihr alle wichtigen Events und wählte für sie auch die richtigen Kleider aus. Sie akzeptierte das obwohl ihr Geschmack völlig anders war.

Vielleicht hatte sie sich zu sehr an diesen Luxus gewöhnt oder sie wollte es nach drei Jahren einfach nicht wahrhaben, dass Nils, der sie einst bezauberte, jetzt betrog. Erst nachdem sie ihn direkt mit seiner neuen Flamme im Büro überrascht hatte, musste sie sich eingestehen, dass es mit ihm doch nicht die große, immerwährende Liebe war, die sie sich wünschte und die eigentlich ausgehen sollte, wie in den Romanen. Vorbei die Vorstellung von dem weißen Prinzessinnenkleid und dem Brautstrauß, den sie ihren Freundinnen stolz zuwerfen wollte. Das wäre so schön gewesen, aber vorbei!

Sie seufzte leicht frustriert, denn manchmal konnte sie sich mit ihrem Jammern selbst nicht ausstehen.

Eigentlich sollte ich längst darüber weg sein, rief sie sich zur Ordnung, immerhin war das alles schon einige Monate her und jetzt an einem anderen Ort werde ich einfach neu beginnen. Sie straffte sich und hob ihr Kinn, schließlich hatte sie sich für die nächsten zehn Jahre bestimmt genug im Selbstmitleid gesuhlt. Jetzt konnte nur etwas Besseres kommen.

Immerhin hatte ihre Mutter genügend Platz für die kleine Familie und sie fand auch sehr schnell einen neuen Job, den sie längst angetreten hätte, aber der Kita-Platz für Finn wurde erst in einem Monat frei. Bis dahin blieb ihr genügend Zeit ihr Leben neu zu planen.

Sie sah sich neugierig um. Hier gab es Plattenbauten und Stadthäuser nebeneinander, alles umrahmt von frischem Grün und ersten zaghaften gelben Blüten. Als sie bemerkte, dass ein fantasievoller Kopf mit dem Pinsel dafür gesorgt hatte, dass das Grün sich sogar an den Betonplatten hochschlängelte und sie interessanter aussehen ließ, musste sie lächeln. Obwohl sie durch Finns fieberhafte Infektion kaum geschlafen hatte, fühlte sie sich durch die zauberhafte Umgebung und die strahlende Sonne angeregt und inspiriert. Frühlingsgefühle, das war genau richtig. Ja, hier würde sie noch einmal neu anfangen, alles hinter sich lassen und vielleicht doch noch den richtigen Mann finden, der auch treu sein konnte. Es gab noch einiges, worauf sie bei einem künftigen Kandidaten genau achten würde, denn von Blendern hatte sie genug. Natürlich müsste er auch ein passabler Vater für ihren Sohn sein oder werden wollen, denn sie gab es nur im Doppelpack.

Von den ersten Frühlingsblüten fiel ihr Blick auf ein großes Schild, das quer über eine Einfahrt reichte und eine „Weiberwirtschaft" ankündigte. Obwohl diese Bezeichnung garantiert nicht zu ihrem geheimen Vorhaben, endlich den richtigen Mann zu finden passte, war Trixi doch neugierig genug, durch die Einfahrt zu gehen. Dann blieb sie erst einmal stehen und betrachtete entzückt das kleine Einkaufszentrum. Wo fand man schon einen so idyllischen Marktplatz mit kleinen Läden, die ihn umschlossen und ihr das Gefühl vermittelten mitten in einem Dorf in der Toskana zu sein? Natürlich waren es keine Zypressen, die den Platz säumten, sondern schlanke Linden, deren Knospen sich gerade in der Frühlingssonne bildeten. Aber die strahlend weißen Gebäude verfügten über dunkel gerahmte Bogenfenster und bogenförmig überdachte Durchgänge, wie sie das von Häusern in Italien kannte. Sie lächelte unwillkürlich, denn all das erinnerte sie sehr an ihre erste Urlaubsromanze in

Italien. Sie drehte sich langsam im Kreis, um nichts zu verpassen. Das ist wirklich ein hübsches Ensemble dachte sie bewundernd als ihr Blick auf den Brunnen fiel. Und dieser Brunnen war etwas ganz Besonderes, weil sein Wasser über ein großes Mühlenrad floss, das sich leicht knarrend bewegte. Ein pausbäckiger Drache saß oben über dem Rad, spuckte Wasser aus und schien zu überwachen, dass es sich auch beständig drehte. Vielleicht pustete er auch, wenn es nicht schnell genug ging? Trixi lächelte erneut, das würde Finn gefallen.

Dann wandte sie sich dem Geschäft zu, das ihr als erstes aufgefallen war. „Kurtz-Waren", der Name sah etwas sonderbar aus, aber Trixi sah angenehm überrascht Patchwork-Muster und feine Wollgarne fantasievoll in der Auslage verteilt. Hier würde sie garantiert noch öfter vorbeikommen, aber heute hatte sie ein anderes Ziel: „Majas Leseecke", ein Buchladen, dessen Schaufensterdekoration sie mit Frühlingsblumen und Liebesromanen regelrecht anlockte. „Endlich Lesefutter für die richtigen Träume", murmelte sie erfreut, denn beim Umzug, dem neuen Job und natürlich Finns Erkrankung, war all das zu kurz gekommen. Sie trat neugierig ein und staunte wieder. Schon der Raum war ungewöhnlich eingerichtet. Große weiße Regale standen quer zum Eingang und bildeten so angenehme Nischen, in denen man ungestört stöbern konnte. Und es gab etwas ganz Besonderes, das Trixi sofort begeisterte: einen großen Bereich, der durch rosafarbene Wände kenntlich gemacht

war und ausschließlich Liebesromane enthielt, auf der anderen Seite zeigten blassblaue Wände die neuesten Krimis. Sie sah suchend
über die Regale, konnte aber auf die Schnelle kein Buch von ihrer
Mutter Marit Magnus entdecken. Dann aber zog es sie fast magisch
zu den Büchern, die aufregende Romanzen versprachen und sie
wieder träumen ließen. Zufrieden nahm sie gleich zwei Neuer-
scheinungen ihrer Lieblingsautorinnen aus dem Regal, suchte aber
noch weiter nach weiteren Angeboten. Ihr Blick glitt an den Buchreihen entlang, dann stutzte sie plötzlich.

Zwischen den großen Regalen standen breite dunkelrote Sessel,
damit man in dem gewählten Buch schon einmal schnuppern konnte. Und in einem dieser Sessel saß ein Bild von einem Mann, ein
richtiger Kerl. Heilige Scheiße, sah der gut aus! Breite Schultern,
lange Beine, die in ausgeblichenen Jeans steckten und den Kopf
voller Locken in der Farbe von Trixis Lieblingsschokolade. Sie
presste die Bücher unter den Arm und hielt sich die Hand vor den
Mund, damit ihr kein anerkennendes Stöhnen entweichen konnte.
Wie lange war es her, dass ihr so etwas Appetitliches vor die Augen gekommen war?

Sie genoss den Anblick noch einen Moment, dann meldete sich ihr
Verstand mit einem deutlichen Stopp! Der sieht viel zu gut aus, um
wirklich treu zu sein. Sie wollte sich gerade abwenden, aber irgendetwas ließ sie zögern, das echt erstaunlich war: Der Mann las in
einem Liebesroman! Sie schaute genauer hin, um den Titel bestä-

tigt zu sehen. Tatsächlich! Gab es so etwas wirklich? Gab es Männer, denen Gefühle keine höllische Angst einjagten? Dann wäre er doch einen zweiten Blick wert. Sie musterte ihn noch einmal, schaute dann aber schnell weg, als er hochsah und sie mit seinen grünen Augen interessiert musterte.

Trixi fühlte sich beim Starren ertappt und ging eilig weiter. Wahrscheinlich war sie auch noch rot geworden. Mann, das war echt peinlich! Wenn ihr doch wenigstens ein cooler Spruch eingefallen wäre. Sie sah unschlüssig zurück, dann schüttelte sie entschieden den Kopf. Sie hatte wirklich keine Ahnung mehr von den aktuellen Flirtgewohnheiten. Konnte man sich überhaupt noch außerhalb von Tinder oder Parship oder wie sie alle hießen, verabreden?

Aber da würden ihr die beiden Bücher sicher weiterhelfen, die sie als erstes gegriffen hatte.

Während sie in einem anderen Gang verschwand, atmete David Kessler erleichtert, aber auch ein wenig enttäuscht aus und stand auf. Wenn er jetzt etwas mehr Mumm gehabt hätte, um sie direkt anzusprechen, wäre vielleicht mehr daraus geworden. Er folgte ihr mit den Augen und ging etwas näher an das Regal heran. Noch war sie ja im Laden, noch war alles möglich. Er nahm das Buch, das ihn neugierig gemacht hatte, um zur Kasse zu gehen und grinste zufrieden, jetzt schien es tatsächlich aufwärts zu gehen. Nachdem er Judith, seiner Schwägerin und Inhaberin des Cafés, das Buchhandlung und Backstube verband geklagt hatte, dass er sich nach der

schwierigen Scheidung gar nicht mehr trauen würde, Frauen anzusprechen, hatte sie ihn verständnisvoll gemustert und ihm dann
einen besonderen Tipp gegeben. „Ich verrate dir dieses Geheimnis
nur, weil dich diese eine Frau schwer enttäuscht hat und du wieder
an die Liebe glauben sollst. Wenn du wirklich wissen willst, wovon
Frauen träumen und was bei den richtigen Frauen echt ankommt,
dann schau in einen guten Liebesroman und hole dir Anregungen.“
Er hatte zwar zustimmend gelächelt, doch innerlich nur belustigt
den Kopf geschüttelt. Als aber dann diese hinreißende Brünette mit
dem frechen Pferdeschwanz die Buchhandlung betrat, hatte er sich
doch schnell einen Roman gegriffen und angenehm überrascht die
ersten Zeilen gelesen: *Es ist leider eine unbestreitbare Tatsache,*
dass eine Frau für gewisse Fälle einfach einen Mann braucht…
oder zumindest die Kraft zweier starker Oberarme.
Er pustete überrascht die Luft aus, die er unwillkürlich angehalten
hatte, als die Brünette zwischen den Regalen erschien. Wenn es
nichts weiter brauchte, als die Kraft zweier starker Oberarme, darüber verfügte er ganz sicher! Jetzt müsste er nur noch weiterlesen.
Bevor er die Kasse erreichte, sah er die Brünette wieder. Sie unter-
hielt sich mit Maja und erzählte gerade, dass sie mitten im Umzug
sei und noch einige Möbel aufbauen müsse. David grinste, das war
ja fast so wie im Buch und damit seine Gelegenheit!
Er trat schnell näher und lächelte Maja an, die er durch seine
Schwägerin Judith schon länger kannte. „Wenn hier jemand zum

Möbelaufbauen gesucht wird, dann könntest du mich empfehlen. Du weißt, dass ich kein Serienmörder, sondern ziemlich harmlos bin, aber mit Schraubendreher und Inbus umgehen kann."

Maja hatte ihn und die hübsche Brünette nur kurz gemustert, die Augen einen Moment geschlossen und dann beide angestrahlt.

„Das kann sehr gut klappen, wenn ihr gemeinsam arbeitet."

Zwei Tage später kam er nach der Arbeit endlich wieder dazu, weiter in dem Buch zu lesen, schließlich war der Tipp beim ersten Mal ein echter Erfolg gewesen. Maja hatte sich fast für ihn verbürgt und Trixi, so hieß die hübsche Brünette, nahm sein Angebot gerne an. Also stand er am nächsten Tag mit seinem Werkzeugkasten vor dem Haus, um ihr in der kleinen Einliegerwohnung zu helfen. Die Wohnung bestand nur aus zwei Räumen und einer großen Küche, aber Trixi hatte sie so gemütlich eingerichtet, dass er sich dort auch wohlgefühlt hätte. Dieser Mix aus alten und neuen Sachen, mit viel Farbe in Grün und Gelb, aber wenig Deko, gefiel ihm sehr. Und nicht nur die Wohnung hatte es ihm angetan, mittlerweile war er auch verrückt nach ihr, nicht nur nach ihrem hübschen Gesicht mit den braunschimmernden Augen, dem frechen Schmollmund und der gut gerundeten Figur. Ihm gefiel auch ihr liebevoller, lustiger Umgang mit ihrem Sohn und er mochte ihre warmherzige Art mit anderen umzugehen.

Er seufzte schwärmerisch. Auf ihn bezog sich das leider nicht, noch nicht! Bisher schien sie ihn in seinen Bemühungen keineswegs ermutigen zu wollen. Sie hatten zwar einträchtig gearbeitet und gemeinsam den großen Kleiderschrank und eine Kommode zusammengebaut und aufgestellt, dabei war sie jedoch sehr zurückhaltend und eher misstrauisch gewesen.

Aber nachdem sie die obere Zierleiste am Schrank befestigt hatte, war sie auf der Leiter abgerutscht und ihm fast in die Arme gefallen. Natürlich fing er sie gekonnt auf und er wäre kein Mann mit heißem Blut in den Adern gewesen, wenn er sie in diesem Moment nicht geküsst hätte. Erstaunlicherweise hatte sie ihn zurückgeküsst und das war gar nicht zurückhaltend gewesen, sondern etwas was ihn total überraschte und ziemlich nervös machte.

Und jetzt zogen ihm seitdem die aufregendsten Fantasien durch den Kopf, wie es mit ihnen weitergehen könnte, wenn er sie endlich wieder im Arm hätte.

Er blätterte weiter im Buch und schüttelte belustigt den Kopf. Dem Typen dort ging es ähnlich wie ihm, auch er plante und überlegte, wie er weiterkommen könnte.

Das Kind war ein zusätzlicher Bonus in dieser Konstellation. „Das stimmt wirklich." David rief es verblüfft laut. Das Buch gefiel ihm immer besser, wieso waren andere Typen eigentlich so verbohrt, diese echt guten Hinweise nicht zu nutzen?

Der Junge in der Geschichte war ein ziemlich pfiffiges Kerlchen, so einen hätte er auch gerne gehabt, aber leider… Er verzog das Gesicht, denn immer, wenn er an seine Exfrau dachte, verhagelte ihm das die Laune. Vanessa hatte sehr viel vom Leben gewollt und konkrete Vorstellungen, was er dafür tun sollte, aber Kinder gehörten ganz sicher nicht dazu. Nur er erfuhr das leider erst später, aber noch war es ja nicht zu spät, er näherte sich schließlich erst der Dreißig. Allerdings hatte sein jüngerer Bruder mit Judith schon einen Sohn und schwärmte bereits vom nächsten Kind. Mal sehen wie diese Geschichte weitergeht und ob sie mir zeigt, wie meine auch weitergehen könnte?

Und obwohl David eigentlich nur blättern wollte, vertiefte er sich weiter in den Liebesroman.

Etwa zur gleichen Zeit fand Trixi auch endlich wieder ein wenig Zeit zum Lesen. Die Wohnung entsprach schon fast ihren Vorstellungen, alles andere musste der knappen Kasse wegen warten. Finn ging es deutlich besser und ihre Mutter war mit ihm zum Spielplatz unterwegs. Schon mit dem Buch in der Hand füllte sie schnell die Wäsche in die neue Maschine und sich setzte sich dann daneben, um zu lesen. Natürlich wollte sie wissen, wie es mit den beiden in ihrer Geschichte weiterging, aber sie musste sich auch ein wenig ablenken, denn ihre Gedanken wanderten viel zu oft zu dem Kuss zurück mit dem sie noch etwas haderte. Was dachte sich der Kerl eigentlich dabei, sie einfach zu küssen! Sie schüttelte den Kopf. Es war ja nicht so, dass sie ihn dazu aufgefordert hätte!

Aber du hast ihn auch nicht zurückgestoßen, meldete sich die lästige innere Stimme, die immer auf Ehrlichkeit setzte. „Ja, das stimmt auch", brummte Trixi genervt. Das war ja nur, weil er so gut küssen konnte, dass er dafür Extrapunkte verdient hätte. Deshalb dachte sie auch manchmal etwas sehnsuchtsvoll daran zurück und hätte nichts gegen eine Wiederholung gehabt, aber wieso rief er nicht an oder meldete sich? War sie für ihn nicht attraktiv genug oder mochte er vielleicht keine Kinder?

Jetzt hätte sie gerne jemanden gehabt, der ihre ständigen Fragen beantwortete und vor allem Antworten gab, auf die man sich verlassen konnte. Aber die klugen Feen tauchten ja nur bei anderen auf! Vielleicht half das Buch weiter, in das sie sich jetzt wieder vertiefte. Der jungen Frau in ihrem Roman ging es ähnlich wie ihr, sie hatte auch schlechte Erfahrungen mit dem Vater ihres Kindes gemacht, war ebenso auf der Suche und fand tatsächlich einen Typen, der sich wunderbar mit dem Kind verstand.

Trixi hielt inne. Das wäre auch ein zweiter Pluspunkt für David. Er war toll mit Finn umgegangen und sich auch nicht pikiert zurückgezogen, als dem Kleinen dauernd die Nase überlief. Vielleicht war er wirklich einer von den Guten, vielleicht sogar so etwas äußerst Seltenes wie ein Mann, der tatsächlich treu war?

Sie müsste ihn unbedingt wiedersehen und mehr von ihm wissen: Was machte er beruflich, wie stand er zu Beziehungen, konnte er sich wirklich dauerhaft für eine entscheiden? Denn von Männern, die Auswärtsspiele bevorzugten, hatte sie genug.

Aber wenn sich alles so fügen würde, wie in diesem Buch beschrieben, wäre sie mehr als happy. Dort war der Typ, der die junge Mutter umschwärmte, nicht nur ein cooler Software-Entwickler, sondern entpuppte sich auch noch als talentierter Handwerker für alles Mögliche im Haus. Trixi grinste, um nicht zu stöhnen. Dritter Pluspunkt, auch David war beim Möbelaufbau sehr talentiert gewesen.

Lief das wirklich einmal in ihrem Leben so wie in den Romanen? Sollte sie tatsächlich endlich mal Glück mit dem Richtigen haben? Als sich die Waschmaschine meldete und Trixi von ihrem Buch hochschreckte war ihr klar, dass jetzt sie am Zuge war. Wenn er der Richtige sein sollte, dann müsste eben sie reagieren und den nächsten Schritt wagen, egal wie groß das Risiko sein würde.

Schließlich sprach sehr viel für ihn. Früher wäre sie vor allem von seinen breiten Schultern und seinen warmen grünen Augen hingerissen gewesen und auch heute fand sie es immer noch aufregender an einen festen Körper gepresst zu werden, als an ein schlaffes Handtuch. Aber als Mutter wusste sie auch einen Allround-Handwerker zu schätzen, einen Mann, der in jeder Hinsicht zupacken konnte. Damit steigerte sich David in ihrer inneren Werteskala, von einem sehenswerten Typen zu einem für länger geeigneten, vielleicht sogar dauerhaften Kandidaten.

Also würde sie das Risiko eingehen, aber wie könnte sie ihn wiedertreffen? Vielleicht so wie in ihrem Roman? Die junge Frau suchte den Kontakt dort wieder, wo sie sich kennengelernt hatten, und das würde sie auch so machen.

Am nächsten Nachmittag, die Sonne schien bereits frühlingshaft warm, stand sie mit einem neugierigen Finn in der „Weiberwirtschaft" und ließ ihn gerade den pustenden, wasserspuckenden Drachen bestaunen, als David aus der Backstube stürzte und beide erfreut begrüßte.

„Backst du Kuchen?" Finn betrachtete den Mann überrascht.

David grinste. „Nein, eigentlich befasse ich mich mit Computern, aber die Bäckerin ist mit meinem Bruder verheiratet und ich stelle gerade ihre digitalen Systeme um. Sie macht übrigens einen tollen Beerenkuchen. Habt ihr nicht Lust zu kosten? Der ist wirklich extra lecker!"

Trixi stockte. Das war doch echt verrückt, schon wieder eine Übereinstimmung zu ihrem Roman. Heute Abend musste sie unbedingt herausfinden, wie es weiterging. Sie schaute zu David, der auf ihre Antwort wartete und ihr wurde heiß. Diese grünen Augen hatten eine faszinierende und gefährliche Wirkung auf sie und sie hätte sich ohne weiteres darin verlieren können. Als Finn sie an ihrer Jacke zupfte, reagierte sie schnell zustimmend und gemeinsam betraten sie das Café.

Sobald Finn seinen Kuchen in Windeseile verschlungen hatte, fixierte er David sehr genau und wollte unendlich viel wissen.

„Magst du auch Erdbeeren am liebsten? Ich auch, aber Kirschen und Heidelbeeren gehen auch. Hast du ein Auto? Magst du Kinder?

Kannst du Fußball spielen?"

Solange Finn das Gespräch dominierte und Fragen abfeuerte, die sein zunehmendes Interesse an dem Mann verrieten, versuchte Trixi wieder zu sich zu finden, aber immer, wenn sie zu David sah, brachten seine Blicke die Luft zwischen ihnen zum Knistern.

„Bist du schon einmal mit einer alten Dampflok gefahren, die noch richtig laut zischt?" David zeigte Finn ein Video auf seinem Handy und der war total begeistert. „Aber so etwas gibt es doch heute nicht mehr, alle Züge fahren elektrisch, von wegen Klima und so", wandte er etwas altklug ein.

„Das stimmt schon, aber ich kenne eine Truppe, die alte Loks und Wagen repariert und dann auch kurze Fahrten macht. Hättet ihr Lust euch das anzusehen? Vielleicht darfst du sogar das Signal geben?" David sah nur Trixi fragend an, denn Finn war sofort Feuer und Flamme. „Oh ja, bitte Mama, das wird bestimmt toll. Ich kenne keinen anderen Jungen, der mit einer Lok gefahren ist."

Schon am nächsten Tag kam der Anruf und David holte sie mit einem leuchtendroten Sportwagen ab, der sofort Finns Augen leuchten ließ. Auf Trixis Handy gab es an diesem Nachmittag viele Bilder, die auch ihre Augen leuchten ließen: Finn mit einer Eisenbahner-Mütze strahlend in der Türöffnung der alten Dampflok, Finn auf Davids Schultern, Finn, der seine Arme vertrauensvoll um dessen Hals legte. Ihr ging bei diesem Anblick das Herz auf. So glücklich hatte sie ihren Kleinen schon lange nicht mehr gesehen.

Ob ihm doch auch ein Mann im Leben fehlte und nicht nur ihr? Bei diesem Gedanken musste sie lächeln. Mit David schien es ganz anders zu sein, als mit Nils, einfach normaler. Daran könnte sie sich gut gewöhnen.

Auf der Rückfahrt brachte David sie wieder bis zur „Weiberwirtschaft", wo er weiterarbeiten musste und Trixi ein Bücherpaket für ihre Mutter abholen sollte. Als sie ausgestiegen waren, hielt er sie zurück. „Ich würde dich gerne wiedersehen."

Trixi lächelte und zeigte ihre linke Hand, die mit der von Finn verschlungen war. „Uns gibt es nur im Doppelpack."

David nickte. „Das weiß ich, deshalb ist mein Vorschlag auch für drei gedacht. Ich habe Karten für die Westernstadt Eldorado. Als Finn krank war, habe ich ihm von dem Postkutschenüberfall erzählt, den man dort erleben kann und er war er ganz begeistert. Wir können dort sogar in einem besonderen Bungalow übernachten. Und abends gehen wir zwei zum Line Dance oder auch weiter."

„Auf gar keinen Fall!" Trixi drehte sich enttäuscht um. Also doch! Er war genauso wie fast alle Männer auf der Welt. Wütend wollte sie mit Finn gehen, als plötzlich ein Knall ertönte. Sie zuckte zurück. „Was war das denn?"

David sah zur Backstube, aus der Judith entschuldigend mit beiden Händen winkte und dann wieder zu Trixi. „Nichts passiert. Das war nur mein Ego, das gerade geplatzt ist. Wir hätten natürlich zwei Bungalows und wir gehen nur so weit, wie du möchtest, schließlich haben wir noch alle Zeit der Welt, wenn du zustimmst."

Trixi zögerte noch, als Finn bereits wieder an ihrer Jacke zog und heftig nickte. Wenn sie doch nur wüsste, wie es in dem Roman weitergegangen war? Aber eigentlich hatte ihr das Buch schon den richtigen Weg gewiesen. David war jetzt ihre Chance und sie wollte es einfach wagen. Also volles Risiko! Deshalb zuckte sie nur innerlich mit den Schultern, nickte ihm lächelnd zu und ließ sich in seine intensiven Blicke sinken, die so viel versprachen. Dann würde sie eben jetzt ihre eigene Geschichte schreiben und die hatte garantiert ein Happy End.

Als sie am Abend die Bücher zu ihrer Mutter brachte, saß die zufrieden lächelnd mit einem Glas Grün-Tee im Wintergarten. Vermutlich hatte sie das Manuskript für den nächsten Krimi abgeschlossen, denn sie machte einen sehr entspannten Eindruck.

„Du siehst so zufrieden aus, wahrscheinlich hast du gerade alle, die es verdienen getötet. Ich habe deine Bücher mitgebracht, ich wusste gar nicht, dass du dich auch für Liebesromane interessierst."

Marit winkte ab. „Das sind nur Milieu-Studien für einen Krimi der in diesem Bereich spielt. Außerdem war ich wegen Maja in der „Lese-Ecke", weil ich wissen wollte, was ihr Paar-TÜV zu euch beiden sagt. Ich finde ja David ausgesprochen nett und Maja bestätigt, dass ihr beide hervorragend zusammenpasst."

„Wie bitte?" Trixi musste sich setzen und starrte ihre Mutter empört an. „Du sprichst mit fremden Leuten über meine Beziehung,

die noch ganz frisch ist? Und seit wann gibt es dafür einen TÜV?"
Marit lächelte beruhigend und schob ihr ein Teeglas zu. „Ich habe
nicht mit Fremden geredet, sondern mit Maja, die ich schon sehr
lange kenne. Meine Bücher stehen in ihren Regalen und ich hatte
dort schon einige Lesungen. Daher weiß ich von ihrer besonderen
Gabe. Sie kann beim Anblick von zwei Menschen mit weitgehen-
der Sicherheit sagen, ob sie wirklich zusammenpassen oder nicht.
Alle Paare in der „Weiberwirtschaft" haben vorher Majas Okay
eingeholt und sind alle heute noch zusammen und glücklich. Es
kommen sogar Paare von sehr weit her, nur um mehr Gewissheit zu
bekommen. Und du hast sie jetzt auch."

„Eigentlich ist das gar nicht so schlecht", reagierte Trixi jetzt etwas
kleinlaut. „Bisher hatte ich bei meiner Männerwahl mehr Nieten als
Gewinne und ein wenig Sicherheit kann nicht schaden. Jetzt habe
ich auch ein besseres Gefühl für unser nächstes Abenteuer."
Und als sie am Abend endlich die letzte Seite des Romans erreichte, auf der sich das Paar, die alles entscheidende Frage beantwortet
hatte, stand im Text anstelle von Bradley, dem tollen Typen der die
junge Mutter umschwärmt hatte, plötzlich David. Als sie blinzelte
und sich die Augen rieb, war sein Name wieder verschwunden.
Aber für Trixi war es das Zeichen, auf das sie gehofft hatte. Jetzt
würde alles gut werden.
Bei dieser Meinung blieb sie auch, als sie einige Tage später am
Abend gemeinsam in der Westernstadt vor dem Lagerfeuer saßen.

Finn hatte so viel erlebt und war kurz davor einzuschlafen. Er kuschelte sich an ihre Seite und gähnte glücklich. „Am tollsten war die Fahrt mit der Postkutsche und ich habe den Geldkoffer festgehalten. David hat mir geholfen, er ist mächtig stark und mein Held." Dann flüsterte er ihr ins Ohr. „Können wir den behalten?" David dem ganz warm ums Herz wurde als er das etwas zu laute Flüstern hörte, nahm ihn gerührt in die Arme, als ihm dann doch die Augen zufielen und trug ihn zu seinem Bett, das wie ein Fort gestaltet war.

Danach saßen Trixi und David noch lange vor dem Feuer und redeten. Sie wusste inzwischen von Davids unglücklicher Ehe und er von ihrem Reinfall mit Nils. Vielleicht lag es an dem vertrauten Gespräch oder an den flackernden Flammen, dass sie immer näher zusammenrückten. Plötzlich küsste er sie.

Und in diesem Moment spürte sie das besondere Funkenspiel, das sie aus den Romanen kannte und das früher in ihren Beziehungen immer gefehlt hatte. Aber jetzt funkte es gewaltig, als ob Feuerwerkskörper in ihrem Kopf explodierten, durch ihren Verstand sausten und alle Vorsicht, alle vernünftigen Gedanken betäubten. Das brachte sie einen Moment dazu zurückzuweichen. Das war doch viel zu gefährlich!

Aber es war auch einmalig schön, deshalb schob sie sich wieder näher. „Maja hat vorausgesagt, dass wir sehr gut zusammenpassen. Stell dir vor, meine Mutter hat sie deswegen gefragt."

David lächelte. „Das hätte sie sich sparen können, ich wusste von Maja schon vorher Bescheid. Und was meinst du dazu?"

Trixi schmiegte sich lächelnd in seine Arme. „Ich glaube ich nehme dich. Du bist ein passabler Handwerker, auch nicht schlecht als Vater für Finn und für einen Serienmörder bist du viel zu nett."

„Und ich bin auch gar nicht schlecht im Bett", ergänzte er und übertrieb sein anzügliches Grinsen.

„Tatsächlich? Aber das musst du erst beweisen", lachte Trixi und zog ihn mit sich.

Das Zitat auf S. 14 ist dem Buch „Habe Mutter, brauche Vater" von Susan Mallery entnommen.

Ihr größtes Abenteuer

Wilma Brückner hatte einen bösen Verdacht, einen Verdacht, der sie nicht mehr schlafen ließ. Es schien etwas Schlimmes im Gange zu sein, vor dem sie schon viel zu lange die Augen verschlossen hatte.

Nachdem Hans starb war ihr alles gleichgültig gewesen, denn obwohl sie sich schon vor langer Zeit entschieden hatten gemeinsam zu gehen, hatte er sie dennoch nach einer schweren Krankheit allein gelassen. Er war einfach eingeschlafen und nicht wieder aufgewacht, auch nicht als sie richtig erbost mit ihm schimpfte.

Das konnte sie lange nicht verwinden, wieso ließ er sie einfach allein? So sollte es nicht sein. Sie hatten doch immer alles gemeinsam gemacht, seit fast siebzig Jahren.

Und jetzt blieb nur noch sie. Sie seufzte tief. Natürlich konnte es sein, dass sie in dieser Zeit in der sie überhaupt nicht wusste, wie sie weiterleben sollte, die große Wohnung etwas vernachlässigt hatte, aber mussten die Frauen vom Amt, die sie letzte Woche scheinheilig lächelnd besucht hatten deswegen gleich bestimmen, dass sie in ein Heim müsste? Sie war doch kein Messie! Natürlich hatten sie ihr das nicht direkt gesagt, aber sie hatten sich Blicke zugeworfen, die Wilma alles sagten.

 Aber nicht mit ihr! Sie war erst 83 und kam bisher noch sehr gut zurecht. Leider war da keiner mehr, der das bezeugen und sie im

Notfall verteidigen könnte. Ihr Sohn Heiko war schon vor vielen Jahren bei einem Unfall umgekommen. Von da an hatte es nur Hans und sie gegeben und jetzt war sie ganz allein. Wenn sie sich weigerte in ein Heim zu gehen, dann würde man sie vermutlich dazu zwingen. *Aber nicht mit ihr!* Dieser Satz gefiel ihr, damit fühlte sie sich stärker. Sie richtet ihre 1,56 kerzengerade auf: Auf keinen Fall wollte sie einfach darauf warten bis sie mit einer Zwangs-Einweisung kämen. Aber was könnte sie denn sonst tun? Dann hatte sie eine Idee, die ein Lächeln auf ihr Gesicht zauberte und ihre graublauen Augen strahlen ließ. Sie würde es so machen, wie der Hundertjährige, der aus dem Fenster gestiegen und ver- schwunden war. Dieses schwedische Buch über den pfiffigen alten Mann hatte sie Hans noch vorgelesen, als es ihm schon schlechter ging, dennoch hatten sie beide herzhaft über den Schelm lachen können.

Wilma beugte sich weit aus ihrem Küchenfenster und sah prüfend nach unten. Das war entschieden zu hoch für sie!

Allan Karlsson, der Hundertjährige, war schließlich nur aus der 1. Etage geklettert und auch noch ziemlich weich im Stiefmütterchen-Beet gelandet und sie wohnte in der 6. Trotzdem war es eine reife Leistung für einen alten Mann und Wilma bezweifelte, dass sie mit Hundert überhaupt noch klettern könnte. Aber darauf kam es ja auch nicht an, ihr gefiel vor allem die entschiedene Haltung des Alten, der sich einfach nicht von dieser niederträchtigen Schwester

Alice bevormunden lassen wollte. Lieber abhauen solange noch
Zeit ist, hatte er gedacht und gehandelt.

Leider hatten sie das Buch nicht gemeinsam bis zum Ende lesen
können, daher wusste sie nicht genau wohin er gegangen war. Aber
sie würde es auch so machen. Allerdings hatte Karlsson genügend
Geld mitgenommen, denn er wusste, dass man sich nicht kostenlos
auf Dauer verstecken konnte. Diesen Hinweis notierte sie sich
gleich. Sie vermutete, dass er nie wieder in das Heim zurückkehrte,
weil es ja viel interessanter war, unterwegs zu sein und sich darüber
zu freuen, den fiesen Giftspritzen von Schwestern entgangen zu
sein.

Und weil sie das ganz genau so sah, würde sie sich auch nicht in
irgendein langweiliges Heim stecken lassen, sondern unterwegs
sein, falls sie kommen würden. Aber wohin sollte sie gehen?

Ratlos lief sie in ihrer guten Stube hin- und her.

„Fahr doch ans Meer! Das wolltest du doch schon so lange."

„Ja, natürlich", seufzte Wilma, „aber es kam ja immer etwas dazwischen." Dann stutzte sie und sah sich erschrocken um. Wer hatte denn eben gesprochen? Sie war doch völlig allein in der Wohnung. Wurde sie jetzt schon komisch im Kopf und bildete sich
Stimmen ein? „Ich soll ans Meer?"

Bei dieser vorsichtig gestellten Frage sah sie sich ein wenig ängstlich um, bis ihr Blick auf das große Foto von Hans fiel. Ihr blieb
der Mund fast offenstehen, als sie sah, dass er ihr zuzwinkerte so

wie damals, als sie ihn mit 15 in der Jugendgruppe kennengelernt hatte. Obwohl sie beide noch sehr jung waren, wusste sie sofort, dass er der Richtige, der Eine war und dass es auch in Zukunft so bleiben würde. Sie waren immer zwei, egal ob sie abends zu den „Capri-Fischern" ganz eng tanzten und im Dunkeln knutschten oder tagsüber gemeinsam mit den anderen jungen Leuten die letzten Trümmer des Krieges wegräumten.

Sie riss sich aus ihren Erinnerungen los, denn jetzt war die Gegenwart viel aufregender. Obwohl ihr völlig klar war, dass ein Foto nicht reden konnte, schließlich war sie in ihrem Beruf oft für ihre Korrektheit gelobt worden, musste sie akzeptieren, dass sich seine Lippen bewegten und zu hören war: „Wilma-Schatz, trau dich einfach! Du wirst das schon alles richtigmachen."

Sie nickte mit Tränen in den Augen und genoss das wunderbare Gefühl, dass Hans wieder bei ihr war und sie spürten konnte, wie er ihr wie früher seinen Arm um die Schultern legte, um sie näher an sich heranzuziehen. Sie hätte gerne noch mehr gefragt, ob es ihm denn dort wo er war auch gut ging und wie es denn dort so wäre, aber dann spürte sie bedauernd, dass der Kontakt schon wieder abbrach. Wahrscheinlich ging so etwas Fantastisches nur, wenn es um die ganz wichtigen Dinge im Leben ging.

Aber für sie war jetzt die Richtung klar und nun musste sie Nägel mit Köpfen machen. Sie zog sich einen alten Briefumschlag auf dem Tisch näher heran und begann eine Liste zu machen:

1. Wohnung , 2. Geld, 3. Ziel

Dann begann sie zu überlegen: Was sollte mit der Wohnung passieren? Dafür musterte sie ihr Wohnzimmer ziemlich kritisch. Hier müsste unbedingt geputzt werden! Und danach sollte sie mit Frau Rodowitsch reden. Ihre Nachbarin hatte eine kleinere Wohnung, in der sie mit drei heranwachsenden Jungs ziemlich beengt lebte. Für sie wäre die Wohnung bestimmt viel wichtiger als für irgendeinen Yuppie. Was diese Yuppies waren wusste sie nicht genau, aber auf jeden Fall jemand, der ihre Wohnung nicht so nötig brauchte.

Für ihr neues geheimes Leben würde sie Bargeld brauchen und zwar sehr viel davon, denn der Hundertjährige hatte selten genug gehabt. Aber er war pfiffig und damit gut durchgekommen. Ob sie das auch schaffen würde das bezweifelte sie, deshalb würde sie alles mitnehmen.

Und das Ziel war klar, sie wollte ans Meer!

Drei Tage später war sie in ihrem besten dunkelblauen Kostüm auf dem Weg zur Bank. Eigentlich tat ihr immer noch alles weh, weil sie in den letzten Tagen ihre Wohnung von oben bis unten geputzt hatte. Von wegen Messie, so etwas ließ sie sich keinesfalls nachsagen. Es war sehr freundlich von der Nachbarin, die über das Wohnungsangebot gejubelt hatte, ihr auch beim Putzen und teilweise Ausräumen zu helfen. Um alles andere würde sich Frau Rodowitsch später kümmern. Zu diesem Zweck hatte sie ihr schon die Schlüssel anvertraut. Wilma war bisher auf der Bank immer nur am

Schalter gewesen, aber noch nie in einen Beratungsraum gebeten worden. Deswegen war sie etwas unruhig, als der Mitarbeiter am Tresen sogar einen anderen Mann herbeiwinkte, der mit ihr den Extraraum betrat. Sie wollte doch nichts Schlimmes, sie wollte doch nur ihr Sparkonto auflösen. Unruhig fuhr sie sich durch ihre kurzen weißen Haare, vielleicht hätte sie doch vorher noch zum Frisör gehen sollen? Nur gut, dass ihr Kostüm ordentlich aussah auch wenn es ein wenig weit geworden war.

Als der Mitarbeiter wissen wollte, was sie mit dem Geld vorhabe, sah sie ihn zunächst etwas verdutzt an. Auch wenn sie schon alt war ließ sie sich auf keinen Fall bevormunden! Vermutlich war der auch so eine getarnte Schwester Alice. Sie straffte sich, hob ihr Kinn und antwortete etwas pampig: „Junger Mann, glauben Sie nicht, dass das meine Privatangelegenheit ist?"

Aber der Mann lächelte nur freundlich und erklärte ihr, dass es viele Gauner gäbe, die alte Menschen drängten ihre Konten aufzulösen, um ihnen dann das Geld wegzunehmen.

Wilma sah ihn nur einen Moment erschrocken an, dann grinste sie. „So blöd bin ich garantiert nicht! Das Geld ist für ein großes Abenteuer gedacht, ich werde längere Zeit auf Reisen sein."

Den Empfehlungen für Reiseschecks folgte sie nur für eine geringen Summe und ließ sich den größten Teil in bar auszahlen. Mit großen Augen blickte sie auf die zahlreichen Geldbündel. Eigentlich hatte sie gar nicht mit so viel gerechnet und vor allem nicht damit, dass die Banknotenbündel gar nicht in ihre Handtasche passten. Wie gut, dass sie immer noch den alten Falls-Beutel hatte, der auch in diesem Fall genügte. So viel Geld würde sicher eine ganze Weile reichen und notfalls hatte sie noch ihre Rente.

Am nächsten Tag hatte sich Wilma warmherzig von ihrer alleinerziehenden Nachbarin verabschiedet und saß im Regionalzug in Richtung Ostsee. Mit dem vielen Geld im Blick hatte sie sich für leichtes Gepäck entschieden, alles was fehlte, konnte sie doch einfach nachkaufen. Deshalb hatte sie nur die gute Bluse, Wäsche zum Wechseln und natürlich das ganz besondere Foto von Hans vorsichtig eingepackt. Entgegen allen Unkenrufen von ihrer Nachbarin war der Zug fast leer und Wilma gefiel ihr bequemer Platz direkt am Fenster. Das Meer wollte sie schon immer mal sehen und diese Reise könnte ein wirklich großes Abenteuer für sie werden, vielleicht ihr letztes? Aber daran wollte sie keinesfalls denken, sie lehnte sich lieber zufrieden zurück und schaute aus dem Fenster.

Mit Hans gemeinsam hatte sie oft geträumt, wohin sie reisen wollten, wenn sie endlich beide in Rente wären. Er wäre gerne in die Alpen gefahren, aber sie wollte immer nur ans Meer.

Aus irgendwelchen Gründen hatte beides nicht geklappt und dann wurde sie plötzlich schon 80 und war immer noch nicht am Ziel ihrer Wünsche gewesen.

Aber jetzt fuhr sie genau darauf zu und spürte, wie sich ihr Herzschlag vor Freude und Erwartung beschleunigte, bis der Zug plötzlich stehenblieb. Alle Reisenden strömten aus dem Zug, nur Wilma blieb irritiert sitzen.

„Sie müssen aussteigen, ab hier gibt es Schienenersatzverkehr", rief ihr ein Eisenbahner zu und verließ das Abteil.

 Wilma nahm ihr kleines Köfferchen und folgte etwas unsicher den Menschenmassen, die zu unterschiedlichen Bussen drängten und setzte sich einfach in den, der am nächsten war. Erschöpft kuschelte sie sich in eine Ecke und schlief bei dem sonoren Brummen des Motors ein. „Endstation, alle aussteigen!"

Bei diesem Ruf des Fahrers rappelte sie sich erschrocken hoch.

War sie schon am Ziel? Sie sah überrascht aus dem Fenster, an diesem Bahnhof stand ein falscher Name. Wo war sie denn jetzt gelandet und wo war das Meer?

Wilma sah sich zunächst überrascht in der kleinen Bahnhofshalle um, konnte sich aber keinen Reim auf die Hinweise machen. Ehe sie jemanden fragen konnte, waren schon alle Reisenden verschwunden und auch der Bus wieder abgefahren.

Sie zuckte mit den Schultern, setzte sich auf die einzige Bank in der Wartehalle des kleinen Bahnhofs und war sich sicher, dass das nächste Fahrzeug bestimmt nach wenigen Minuten käme. Als sie nach einer Viertelstunde ein Motorengeräusch hörte lächelte sie zufrieden. Alles in Ordnung, gleich geht es weiter.

Aber dann kamen keine Reisenden in den Bahnhof, sondern ein Mann in Arbeitskleidung, der einige große Pakete hereinbrachte und sie in einen breiten Metallkasten packte. Er sah prüfend zu ihr herüber. „Was machen Sie denn noch hier? Heute fährt kein Zug mehr und ein Bus auch nicht."

„Ach, du liebes Bisschen", stöhnte Wilma verzagt. „Ich glaube, ich habe mich verfahren, eigentlich wollte ich ans Meer. Ich war noch nie dort und das sollte meine erste Reise sein. Was mache ich denn jetzt?"

Der Mann lächelte sie beruhigend an, vielleicht dachte er in dem Moment an seine Mutter oder seine Oma, denn er machte keinerlei Anstalten, sie dem Amt zu melden. Er reichte ihr seine Hand. „Ich bin Fred, ich kann Sie bis zum Ort mitnehmen. Hotels gibt es bei uns keine, aber meine Nachbarin ist gerade dabei, eine kleine Pension aufzumachen. Da können Sie bestimmt unterkommen."

„Gerne, vielen Dank", antwortete Wilma etwas beschämt. Wieso musste ausgerechnet der erste Tag ihrer großen Reise schon schiefgehen? Wenn sie so weitermachen würde käme sie wahrscheinlich eher nach Timbuktu, als ans Meer.

Fred nahm ihr Köfferchen und ging mit ihr zu seinem LKW. Nachdem er sie mit Schwung auf den Sitz gehoben hatte, lächelte er wieder und Wilma fühlte sich toll. In einem so großen LKW war sie noch nie gefahren, aber es gefiel ihr und ihr wurde auch nicht übel wie manchmal im Bus.

„Ich fahre in zwei Tagen wieder eine Lieferung in Richtung Küste. Wenn Sie wollen, können Sie gerne mitfahren."

Wilma war von diesem Vorschlag mehr als entzückt. Unterwegs zu sein schien doch gar nicht so schlecht! Hauptsache, sie kam irgendwann ans Meer.

Die Pension war wirklich klein, sie umfasste lediglich das Erdgeschoss eines Hauses. Natalie, die junge Pensionswirtin, war sehr erfreut über den ersten Gast, aber auch irritiert denn die Eröffnung sollte erst in einer Woche sein. „Eigentlich bin ich noch gar nicht fertig", erklärte sie hastig und packte eilig einige herumliegenden Papiere zusammen, „aber die meisten Zimmer können schon bezogen werden. Ich habe sie so gestaltet, dass man sich in unterschiedlichen Landschaften wohlfühlen kann."

Dann zeigte sie Wilma einen Raum, dessen Farben und Einrichtung das Gefühl vermittelten mitten in einem Wald zu sein. Die fand ihn sehr schön, hätte aber lieber das Meer um sich gehabt. Das gestand sie Natalie auch, die jedoch lächelte nur bedauernd, weil an diesem Raum noch gearbeitet wurde. Nach einem leichten Abendessen zog sich Wilma rechtschaffen müde in ihren Wald zurück, badete höchst zufrieden bei Kerzenschein in einer angenehm flachen Wanne und fühlte sich wie eine Prinzessin. „Hättest du gedacht, dass dieser Reinfall noch so ein schönes Ende nehmen würde?" Sie sah auffordernd zu dem großen Foto von Hans, das sie mit dem stabilen Rahmen direkt in Sichtweite aufgestellt hatte, aber er antwortete nicht. Wilma schlief trotzdem lächelnd ein und erwachte hungrig, nicht nur nach Rührei mit Schinken, sondern auch nach neuen Abenteuern.

Nach dem Frühstück zeigte ihr Natalie auch die anderen Räume.
Das Heide-Zimmer mit dem wunderbaren Ausblick fand Wilma
sehr ansprechend, aber in das Meer-Zimmer hatte sie sich sofort
verliebt. Vom Bett aus hatte man einen Blick auf die Ostsee, so als
würde man über einen Dünenpfad direkt auf die heranfließenden
Wellen zugehen. Eine Möwe, kleine Leuchttürme und Muscheln
verstärkten den entspannenden Eindruck von ewigem Urlaub.

„Sie hätten dieses Zimmer auch haben können", erklärte Natalie,
die sich über Wilmas Begeisterung freute, „aber die Gardinen sind
noch nicht fertig."

Sie zeigte auf zwei Stoffbahnen weiß- und dunkelblau-gestreift, die
auf einem Beistelltisch lagen. „Der junge Mann, der das machen
sollte, hat seinen Job hingeworfen. Das sei viel zu viel Arbeit und
er müsse jetzt dringend nach Ibiza."

Wilma schüttelte den Kopf. „Als ob Arbeit eine Schande wäre!
Wissen Sie, bei manchen Leuten würde ich gerne mal die Schädel-
decke abnehmen. Einfach um zu sehen, was drin ist, denn Hirn
kann es doch nicht sein."

Natalie kicherte, wurde aber sofort wieder aufmerksam, als Wilma
fortsetzte. „Wenn Sie eine Nähmaschine hätten, kriegen wir das
auch alleine hin."

„Aber Sie sind Gast, das geht doch nicht…," begann Natalie, wurde aber von ihrem Gast resolut unterbrochen. „Nicht lang reden,

sondern machen, das war früher immer meine Devise. Ich bin zwar älter geworden, aber das schaffe ich immer noch mit links."

Und genauso war es. Mit flinken Fingern hatte sie die Vorhänge zunächst geheftet, gesäumt und gekräuselt und dann mit Natalies Hilfe auf die Gardinenschiene geschoben. Nachdem sie beide stolz das Ergebnis betrachtet hatten, fiel ihr die Pensionswirtin vor Freude um den Hals. „Und jetzt werden sie auch hier übernachten."

Ohne weitere Ankündigungen begann sie sofort Wilmas Sachen umzuräumen, währen die bereits voller Vorfreude vom Meer träumte.

Als Fred, der LKW-Fahrer, sie wieder abholte, nahm sie traurig Abschied von Natalie und ihrer kleinen Pension. Sie wäre gerne noch länger geblieben, aber die Sehnsucht nach dem Meer wurde immer stärker. Dennoch freute sie sich darauf, was der nächste Etappenort bringen würde. Freds Auftrag endete in einer Kleinstadt, die schon weit im Norden lag. Er setzte sie an einem kleineren Hotel am Rande der City ab, von dem aus Wilma sich die Sehenswürdigkeiten in aller Ruhe ansehen konnte. Sie bewunderte den großen Park mitten in der Stadt mit drei unterschiedlichen Springbrunnen und vielen Rosenbüschen. Hier könnte es ihr auch gefallen, aber es war leider nicht am Meer. Als sie im Park weiterging, der um diese Zeit noch ziemlich leer war, fiel ihr eine junge Frau in einem wirklich schicken apfelgrünen Kostüm auf, bei dessen Anblick sich Wilma mit ihrem bisher besten Kostüm doch ein wenig schäbig vorkam. Vielleicht sollte sie sich auch etwas Neues leisten, aber ein Kostüm musste es nicht sein, jetzt hätte sie gerne etwas Praktischeres, vielleicht sogar Jeans, aber die dürften nicht so eng sein. Im Alter hat man das Recht auf Bequemlichkeit, hatte Hans immer gesagt und das stimmte.

Vielleicht könnte ihr die junge Frau ein paar Tipps geben, dachte sie und ging in Richtung der Bank, auf der sie saß und auf ihren kleinen Computer schaute. Wilma hatte mal gehört, dass das eine Art Notizbuch war. Sie hätte sich gerne mehr für solche Sachen interessiert, aber Hans traute der modernen Technik überhaupt nicht, deshalb hatte sie auch nur so ein altes klappriges Handy und nicht so ein schickes Teil, mit dem man Fotos machen und verschicken konnte. Sie sah zur Seite. Die junge Frau schien ziemlich nervös zu sein, solche abgeknabberten Fingernägel hatte sie früher oft gesehen, als sie noch Prüfungen an Berufsschulen abgenommen hatte. „Es wird bestimmt nicht so schlimm, wie Sie es sich jetzt vorstellen."

Die Frau sah erschrocken hoch. „Man sieht mir schon an, dass ich Angst habe", stöhnte sie. „Das sind ja die besten Voraussetzungen für das Seminar morgen."

„Und was ist das Problem, was macht Ihnen Angst?" Wilma fragte behutsam, weil sie nicht zudringlich erscheinen wollte, aber als ob sie auf die Gelegenheit gewartet hätte, sprudelte es aus ihrer Banknachbarin nur so heraus. „Ich nehme morgen an einer beruflichen

Fortbildung teil und ich soll selbst einen Beitrag bringen. Deshalb bin ich schon früher angereist, aber noch kämpfe ich mit mir, ob ich das nicht lieber lassen sollte. Es war schon immer so, dass andere einfach klüger oder gewandter sind als ich und wenn ich rede hört mir sowieso keiner zu."

Wilma nickte bedächtig, auch das kam ihr sehr bekannt vor, Frauen unterschätzten sich und ihr Können viel zu oft. Mit über 80 Lebensjahren wusste sie das mittlerweile sehr gut, aber mit Anfang Zwanzig war sie vielleicht auch ängstlicher gewesen, aber sie hatte sich dem gestellt und sie wusste auch noch wie. „Ist Ihr Beitrag denn fachlich in Ordnung?"

Als das bejaht wurde stellte sie fest: „Also geht es nur um Sie."

Sie schwieg einen Moment und sah dann die junge Frau direkt an.

„Ich heiße Wilma und würde Ihnen gerne einige Tipps geben, wenn ich darf, denn dieses Problem kenne ich zur Genüge."

„Ich wäre für jeden Hinweis dankbar, ich bin übrigens Pia", antwortete die junge Frau, machte irgendetwas an ihrem Notebook und legte die Finger erwartungsvoll auf die Tasten.

„Gibt es in ihrem beruflichen Umfeld 3 Menschen, die wirklich sehr erfolgreich sind?"

Pia nickte nur und ratterte sofort die Namen herunter.

„Was genau können diese Leute besser als andere?"

Auch bei dieser Frage fiel es Pia überhaupt nicht schwer zu antworten. Wilma sah fasziniert zu, wie sie antwortete und gleichzeitig in ihr Notebook schrieb. „Und jetzt sagen Sie mir noch, was davon können Sie auch?"

„Oh, fast alles!" Der überraschte Blick von Pia freute Wilma sehr. Diesen Trick hatte sie bestimmt zum letzten Mal vor 20 Jahren angewandt, aber er wirkte immer noch. „Ich denke, jetzt können Sie nicht mehr übersehen, dass Sie genauso gut oder sogar besser als andere sind. Vielleicht müssen Sie sich nur geschickter verkaufen. Mir hat früher sehr geholfen, wenn ich auf meine Stimme geachtet habe. Sie können den klügsten Satz formulieren, wenn aber ihre Stimme piepsig ist oder die Tonhöhe zum Schluss nach oben geht, klingt er wie eine Frage oder noch schlimmer kindlich. Je tiefer Ihre Stimme klingt, umso überzeugender werden Sie sein."

„Vielen, vielen Dank, das war einleuchtend und hilft mir sehr", freute sich Pia. „Wie kann ich mich bei Ihnen bedanken? Darf ich Sie zu einem Kaffee oder einem Eis einladen?"

„Das klingt alles gut", schmunzelte Wilma, „aber ich würde mich mehr freuen, wenn Sie mir Tipps beim Einkaufen geben."

Pia schien gut informiert zu sein, denn schon nach kurzer Zeit war Wilma im Besitz eines neuen Outfits aus Bluse, leichter Jacke und sogar Jeans! Wer hätte gedacht, dass die so elastisch und so bequem sein könnten. Dazu kamen noch praktische Laufschuhe und auch ein Smartphon, das ihr Pia dankbar einrichtete.

Ohne weitere Bedenken behielt Wilma die Sachen gleich an und ließ ihr ehemals gutes Kostüm für einen Vintage-Verkauf zurück.

Am nächsten Morgen stand sie gut ausgerüstet und stolz mit ihrem neuen Smartphone am Bahnhof und konnte es nicht glauben, dass sie schon wieder eine Pleite hinnehmen musste. Gleich als der Regionalzug einfuhr kam die Durchsage: *Bitte nicht in diesen Zug einsteigen! Dieser Zug ist überfüllt.*

Natürlich hatte sie Verständnis dafür, dass so viele Menschen ans Meer wollten, aber wieso wusste das keiner bei der Bahn und hängte mehr Wagen an? Enttäuscht sah sie dem entschwindenden Zug hinterher. Und was jetzt? Sie ging zurück in die Bahnhofshalle und setzte sich auf eine Bank um nachzudenken. Ein wenig wunderte sie sich über sich selbst. Hätte sie jetzt nicht enttäuscht sein müssen, weil sich ihre Reise schon wieder verzögerte? Aber angesichts des bisherigen Verlaufs ihrer Reise war sie doch sehr zuversichtlich. Irgendetwas würde schon passieren und unterwegs zu sein war schließlich auch spannend.

„Hast du auch deine Mama verloren?" Sie schaute überrascht zur Seite, dort hatte sich ein Junge neben sie gesetzt, mit blonden Locken und Pausbäckchen, auf denen die Tränen noch nicht getrocknet waren. Er schien höchstens drei zu sein und musterte sie vertrauensvoll. „Ach nein, du bist ja eine Oma. Wir haben keine mehr, vorher hatten wir eine, aber sie hat sich von uns scheiden lassen. Eigentlich war sie auch keine richtige Oma, sie konnte keine Märchen erzählen und hatte nie Zeit, aber das müssen Omas doch. Kennst du Geschichten?"

Wilma lächelte, der Kleine war goldig, aber er schien sich verlaufen zu haben. „Ich kenne jede Menge, darauf kannst du wetten. Aber wo hast du denn deine Mama verloren, hier am Bahnhof?"

„Nein, meine Schwester hat sich das Knie aufgeschlagen, da floss vielleicht das Blut!" Jetzt leuchteten seine Augen. „Wir alle sind zum Arzt, aber ich hatte Durst und dann habe ich unser Auto nicht mehr gefunden."

„Dann sollten wir beide versuchen, deine Mama wieder zu finden. Wie heißt du denn?"

„Ich heiße Franco und bin 3 Jahre alt, meine Schwester heißt Franzi und das finde ich voll blöd."

„Und ich bin Wilma, deine Ersatz-Oma, bis wir deine Familie wiederfinden." Sie zog den Kleinen von der Bank hoch und informierte den ersten Eisenbahner, den sie fand. Nach kurzer Zeit erfolgte eine Durchsage, aber auch danach kam keine Reaktion.

„Vielleicht ist es besser, wenn wir draußen warten und auch von der Straße gesehen werden." Wilma informierte vorsichtshalber die freundliche Frau am Fahrkartenschalter und ging mit Franco durch die Drehtür nach draußen. Sie hatte sich kaum umgesehen, als sich eine junge Frau sichtlich verzweifelt auf den Jungen zustürzte und ihn in ihre Arme riss. „Junge, was machst du nur für Sachen? Dir hätte sonst etwas passieren können."

„Aber ich war doch bei meiner Oma, die beschützt mich und kennt auch Geschichten. Stimmt doch, oder?"

Wilma sah das Misstrauen in den Augen der jungen Frau und erklärte die Situation. Die Frau beruhigte sich sichtlich.

„Man weiß ja nie, auf wen Kinder treffen, aber bei Ihnen hätte ich mir auch keine Gedanken gemacht. Wenn Sie zur Küste wollen, kann ich Sie ein Stück mitnehmen. Von uns aus fährt dann ein Bus, damit schaffen Sie es heute noch bis ans Wasser."

Wilma lächelte nur selig als hätte sie es gewusst, dass die Reise weiterging. Während sie die Straße überquerten, wandte sich die Mutter etwas verlegen um. „Ich habe ganz vergessen, dass ich mit meinem Van hier bin. Ich habe eine kleine Gärtnerei und war gerade beim Ausliefern, als Franzi den Unfall hatte. Ich hoffe, es stört Sie nicht."

„Kein Problem", lächelte Wilma. „In dem übervollen Zug wäre es bestimmt nicht sauberer gewesen."

Als sie das Fahrzeug erreichten grinste sie auf der Vorderbank ein Mädchen an, das eine deutliche Zahnlücke hatte.

„Oh du hast den Zahn verloren. Ist der beim Sturz rausgefallen?"

„Bestimmt", versicherte das Mädchen triumphierend, „und deshalb kommt die Zahnfee heute zu mir und nicht zu dir!"

Als Franco schon traurig das Gesicht verzog, schob ihn Wilma auf die Rückbank und betonte. „Das ist auch völlig gerecht. Als der Zahn herausfiel hat ihr das mächtig weh getan und du brauchtest die Schmerzen nicht auszuhalten."

Jetzt nickte er zufrieden und kuschelte sich an sie. Das veranlasste das Mädchen über das Polster zu klettern und sich an ihre andere Seite zu setzen. Auf dieser Fahrt lernte Wilma eine ganze Menge, jetzt wusste sie, dass die Eiskönigin Elsa hieß, aber Olaf, der Schneemann lustiger war, sie kannte jetzt die schönsten Lieder aus Arielle, der Meerjungfrau und weitere Figuren, von denen sie noch nie gehört hatte. Sie hatte aber die beiden auch mit einigen Märchenrätseln verblüfft, nach denen sie doch sehr anerkennend betrachtet wurde. Wilma atmete erleichtert auf, obwohl es ihr nie vergönnt war eine richtige Oma zu sein, hatte sie ihre Sache doch gut gemacht. Sie erreichten ihr Ziel schneller als gedacht und die junge Mutter verabschiedete sich dankbar von ihr und schob ihr eine Visitenkarte in die Hand. „Wenn Sie sesshaft geworden sind besuchen Sie uns doch einmal, ich hole sie gerne ab. So eine entspannte Fahrt hatte ich mit meinen Kids noch nie."

Wilma nickte nur lächelnd, schob die Karte in die Jackentasche und überquerte die Straße, um zur Bushaltestelle zu kommen. Dort saßen schon vier Frauen, die entweder immer gute Laune oder auf irgendetwas angestoßen hatten. Und neugierig waren sie auch, aber Wilma erzählte gerne, dass sie unterwegs sei, um endlich das Meer zu sehen. Als die Frauen hörten, wie lange sie bereits unterwegs war und wen sie alles getroffen hatte, rückten sie sofort zur Seite und machte für Wilma Platz auf der Bank. „Hut ab für so viel Mut! Ich bin erst 70 geworden und wäre nie auf so eine Idee gekommen, aber vielleicht tut es uns allen gut, wenn wir ein wenig mehr wagen. Heute waren wir das erste Mal zum Bowling, aber wir könnten auch gemeinsam eine Reise planen."

„Das wäre nicht schlecht", bestätigte die Frau daneben. „Wir sind nämlich ein Witwen-Club und wenn wir nicht selbst was organisieren, hocken wir nur zuhause. Vielleicht besuchst du uns mal, wir steigen nämlich früher aus, du fährst bis zur Endstation."

Gerade als sie die Handynummern getauscht hatten, kam der Bus. Nachdem die Frauen mit herzlichen Umarmungen ausgestiegen waren, schlief Wilma doch noch ein, obwohl sie eigentlich nichts verpassen wollte. Bei dem Ruf „Endstation" schreckte sie hoch. Sie hatte zwar den Namen des Ortes auf dem Fahrplan gelesen, aber der sagte ihr gar nichts. Sie sah sich um und wurde unruhig, hier war kein Meer. Mit ihrem Köfferchen ging sie extra nach ganz vorne und fragte den Busfahrer, der schon seine Sachen zusammenpackte. Der winkte nur ab und deutete nach draußen. „Hier ist überall Meer, wenn Sie in diese Richtung gehen, hören Sie in 10 Minuten die Wellen rauschen."

Wilma nickte etwas beklommen und machte sich auf den Weg. Vor ihr führte nur ein schmaler, sandiger Weg an einigen kleineren Häusern vorbei, deren Dächer mit Reet gedeckt waren. Wilma betrachtete sie entzückt. Ja, so hatte sie sich das vorgestellt, vor allem auch die wunderbar gestalteten Haustüren, so etwas sah man in der Stadt leider nicht. Dann verzog sie die Nase, irgendetwas roch hier brenzlig. Sie trat dichter zu einem der kleinen Häuser.

Eine junge Frau war dabei ein weinendes Mädchen im Garten zu verarzten und hatte vermutlich ihren Backofen vergessen.

Wilma, die ihren Koffer etwas mühselig durch den Sand gezogen hatte ließ ihn jetzt einfach stehen, öffnete schnell die Haustür des kleinen Hauses und die Klappe des Backofens. Als sie die beiden Brotlaibe herauszog, waren sie bereits schwarz. Sie stellte sie zur Seite und schaltete den Herd aus, dann ging sie wieder zurück.

Am Gartentor rief sie nach der jungen Frau. „Ich musste leider bei Ihnen eindringen, weil ich einen Brand vermutete. Den Ofen habe ich bereits ausgeschaltet, aber für das Brot war es schon zu spät.".

Die schlug entsetzt die Hände vors Gesicht. „Oh, so ein Mist! Und ich bekomme morgen die ersten Gäste, wo kriege ich jetzt Brot her?"

Dann sah sie Wilma genauer an. „Entschuldigen Sie bitte, dass ich so gedankenlos herumschreie, dabei hätte es viel schlimmer kommen können. Sie haben mein Haus gerettet. Vielen Dank, bitte kommen Sie doch herein, ich bin Leonie und das ist Lana."

Nach kurzer Zeit hatte die junge Frau den runden Tisch unter dem großen Lindenbaum gedeckt und vor Wilma stand ein Glas mit duftendem Tee und eine Schale feiner Kokoskekse. Das Kind schaute mit verweinten Augen hinter einer Beerenhecke hervor und traute sich erst näher, als ihre Mutter Platz nahm.

„Heute ist einfach nicht mein Tag", stöhnte Leonie. „Erst geht mein Brotbackautomat kaputt, dann fällt meine Kleine in die Brombeerhecke und ich verbrenne das Brot, das ich dringend für morgen brauche."

Wilma lächelte. „Es gibt größere Probleme. Wir backen einfach neues, ich helfe Ihnen dabei."

Leonie lächelte ungläubig. „Können Sie denn Brot backen? Meine Mutter hat immer gesagt, Brot backen sei eine Wissenschaft und deshalb gäbe es Bäcker. Und mein Versuch ging ja auch daneben."

Aber nach 20 Minuten waren die zwei Teigkörbe wieder gefüllt und Wilma schob sie Leonie stolz zu. „Der Brotteig sollte jetzt mehr als eine Stunde gehen und Sie würden mir eine große Freude machen, wenn Sie mir in der Zeit das Meer zeigen."

Je näher Wilma dem Strand kam, um so aufgeregter klopfte ihr Herz und sie atmete tief diese besondere Luft ein. Sie sah andächtig auf die Wellen, die mit schöner Regelmäßigkeit auf den Strand zurollten, das war so friedvoll, hier könnte sie Stunden stehen. Eifrig machte sie einige Fotos, um den vielen netten Menschen, die sie unterwegs kennen gelernt hatte zu zeigen, dass sie es geschafft hatte. Dann jedoch spürte sie, dass ihr Körper etwas mehr Ruhe forderte. „Sie sagten, Sie bekommen morgen Gäste?"

Leonie nickte ihr zu, während sie mit dem Mädchen Sandkuchen formte. „Ich vermiete die drei Reet-Häuser, die im Garten stehen. Früher waren es mal einfache Bungalows, aber jetzt sind sie sogar winterfest und neu eingerichtet. Eines ist noch frei, falls Sie interessiert sind."

Wilma nickte begeistert. *Und wie ich interessiert bin!* Das war wirklich ein echtes Abenteuer und hier würde sie auch niemand so schnell finden. „Aber jetzt sollten wir das Brot backen und dann sehe ich mir mein neues Heim an."

Schon der erste Anblick überzeugte sie, weil es fast so aussah wie in Natalies Pension. So ein maritim eingerichtetes Häuschen war schon immer ihr Traum gewesen. Die weißen Möbel, die großen Fenster mit blau-weiß gestreiften Gardinen, das bequeme Bett und die Überzüge mit Leuchtturmmuster, hießen sie förmlich willkommen. Sie holte tief Luft und nahm das Foto von ihrem Hans aus dem Koffer und stellte es auf. Sein Zwinkern war für sie die letzte Gewissheit: Hier würde sie bleiben!

Eine neue Chance

Chrissie Brunner starrte missmutig in ihren Kleiderschrank und schob sich genervt die rotblonden Locken aus der Stirn. Es war nicht der Inhalt ihres Kleiderschrankes, der ihr die Laune verhagelt hatte, sondern die Einladung ihrer Mutter, die sie am liebsten abgesagt hätte. Aber so etwas Unerhörtes war bei ihrer Hoheit Kunigunde Brunner nicht denkbar, deshalb suchte Chrissie nach einem passenden Outfit, das nicht gleich wieder eine spitzzüngige Bemerkung hervorrufen würde.

Sie liebte Mode, manchmal kühn, manchmal dezent und hatte viel Erfolg mit ihrem Geschäft der besonderen Art, dem *Fashion Dream,* in dem jede Frau mit digitaler Hilfe ihr Traumkleidungstück finden konnte. Seit zwei Jahren war dieser Laden, den sie gemeinsam mit ihrer Freundin Josefine führte, der Renner in der Südstadt, aber nahm ihre Mutter so etwas überhaupt wahr?

Natürlich nicht! Ihrer Mutter wäre es viel lieber gewesen, wenn sie Ärztin geworden wäre und Leben gerettet hätte, als einfach schnöde Kleider zu verkaufen. Oder besser noch eine Wissenschaftlerin, die demnächst Anspruch auf den Nobelpreis oder etwas Ähnliches erheben konnte. Was zählten dagegen schon die glücklichen Gesichter der Frauen, an die Chrissie sich erinnerte?

Inzwischen kannte sie all diese Vorwürfe und konnte darüber auch mit zusammengebissenen Zähnen lächeln, seit dem genialen Tipp ihrer Schwester Cindy, mit dem sie die Vorhaltungen der Mutter regelmäßig entschärfen konnte: *Wer Menschen hilft glücklich zu sein, ist nicht weniger wert, als der, der Leben rettet. Denn wenn man im Leben keine Freude hätte, warum sollte es dann gerettet werden?*

Chrissie grinste, als sie sich daran erinnerte und schob etwas abwesend die Kleiderbügel zur Seite. Sie liebte diesen geräumigen Kleiderschrank, in dem ihre Outfits farblich in allen Nuancen von Grün geordnet waren. Grün war schon immer ihre Lieblingsfarbe gewesen, auch zu einer Zeit, als ihre Mutter sie in rostrote Kleider zwang und genau vorschrieb, was sie zu tragen hatte. Das erinnerte sie wieder daran, dass sie sich endlich für die Feier fertigmachen musste, deshalb griff sie schließlich zu einem dezenten Zweiteiler, dessen Hose ein dunkleres Grün hatte als das Oberteil, verzichtete aber auf ihre üblichen Armringe.

Zu dem Jubiläum ihrer Mutter in irgendeinem hochwichtigen Verein würden wie immer sämtliche „Tanten" anwesend sein, die eigentlich alte Freundinnen ihrer Mutter oder Mitstreiterinnen in ihren gesellschaftlichen Projekten waren, deren Autorität Chrissie aber schon als Kind zu akzeptieren hatte Und deren wichtigster Gesprächsstoff war mit Sicherheit sobald sie erschien, ihr nicht vorhandenes Liebesleben.

„*Und hast du endlich einen Mann gefunden?*" Chrissie verdrehte die Augen, während sie sich anzog, denn die Mutter aller Fragen kam danach bestimmt auch noch. „*Warum hast du keine Kinder?*

Meinst du nicht, dass es jetzt langsam Zeit dafür würde?" Oder
„Deine biologische Uhr tickt auch nicht langsamer, als bei anderen."

Sie schüttelte sich, das klang immer so als hätte sie ihre Pflicht nicht erfüllt oder sich irgendeines Vergehens schuldig gemacht. Dass diese Frage eigentlich privat war, schien sich bei den Damen nicht herumgesprochen zu haben. Sie hatte ihr Leben und ihr Geschäft wunderbar im Griff. Warum fragte sie niemand nach ihrem letzten Jahresumsatz oder ihrem Gewinn, der mittlerweile wirklich beachtlich war?

Das war offensichtlich nicht so interessant, wie die Bemerkung: *„Manche Frauen sind einfach zu anspruchsvoll, es ist kein Wunder, dass sie dann keinen Mann mehr abkriegen! Aber du wirst auch nicht jünger, meine Liebe."*

Sie schüttelte sich, solche Bemerkungen hörte sie schon ewig. Dabei war sie doch erst 28 und eigentlich auch gar nicht abgeneigt, all das zu finden, wonach sie ständig gefragt wurde. Natürlich hätte sie gerne so eine tolle Beziehung gehabt, wie ihre Schwester oder so eine fantastische Ehe, wie ihr Bruder Felix, der ihre Freundin Sophie geheiratet hatte. Leider fielen solche Partner nicht vom Himmel!

Sie hatte es doch probiert, aber die anfangs wunderbare Romanze mit Phillip endete in einer Katastrophe, denn er hatte sie nach der Trennung nicht nur wochenlang gestalkt und ihrem Geschäft geschadet, sondern sogar versucht, sie schließlich zu töten. Josefine und Sophie hatten sie vor ihm retten müssen. Die anschließenden Probleme bei der Polizei und die Termine vor Gericht, hatten sie an ihre körperlichen und psychischen Grenzen gebracht.

Erst die einfühlsame Therapie bei Jan Behrend, die Sophie organisierte, brachte sie wieder einigermaßen ins Gleichgewicht. Durch die Tiefenentspannung in der Hypnose konnte sie das Trauma des Überfalls ziemlich gut verarbeiten. Seitdem war sie längst nicht mehr so ängstlich und wagte sich auch abends allein aus dem Haus, aber Männern gegenüber blieb sie misstrauisch und glaubte noch immer an das Schlimmste.

Jan jedoch schien sie auch als Mann anders wahrzunehmen, bei ihm fühlte sie sich sicher und hatte von Anfang an volles Vertrauen. Von Sophie wusste sie, dass er auch schlechte Erfahrungen mit einer früheren Partnerin gehabt hatte, daher glaubte sie sich von ihm besser verstanden und deshalb war er in dieser Zeit nach dem Überfall ihr wichtigster Bezugspunkt.

Als die Therapie zu Ende war bedauerte sie das sehr, denn die Gespräche mit ihm taten ihr gut und sein stiller Humor ließ sie auch wieder lachen. Da er viele ihrer esoterischen Interessen spannend fand und sich danach erkundigte, trafen sie sich in lockeren Abständen zu Kursen oder Veranstaltungen oder hatten einfach Spaß neue Dinge zu entdecken. Es machte ihr Freude mit ihm Edelstein-Ausstellungen zu besuchen oder ungewöhnliche Verfahren auf esoterischen Messen zu testen, auch wenn sie beide wussten, dass vieles davon nicht zu gebrauchen war.

Bei ihm fühlte sie sich nicht nur sicher, sie fühlte sich einfach wohl und verstanden und sie hätte auch nichts dagegen gehabt, wenn sich ihre Beziehung noch etwas weiterentwickelt hätte. Bei manchen seiner Blicke die ihr direkt ins Herz zu gehen schienen, hatte sie schon den Eindruck, dass er auch mehr wollte, aber sie hütete sich sehr davor, zu schnell weiter in diese Richtung zu denken. Denn warum sollte sie eine so schöne, angenehme Freundschaft für eine neue Liebschaft mit ungewissem Ausgang opfern?

So wie es war, fühlte sie sich sicherer. Und deshalb würde sie auch heute über alle versteckten Gehässigkeiten wegsehen können und sich lieber darüber freuen, dass ihre Schwester Cindy auch anwesend wäre, während ihr Bruder Felix und seine Frau wieder einmal nicht eingeladen waren, wie beneidenswert!

Wahrscheinlich war Sophies direkte Art bei der letzten Familienfeier ihrer Mutter nicht so gut angekommen, denn die ließ sich nicht so einfach die Butter vom Brot nehmen. Und sie konnte sogar riechen, wenn jemand log und hatte das ihrer Hoheit auch auf den Kopf zugesagt. Chrissie grinste, als sie an die entsetzte und beleidigte Reaktion ihrer Mutter dachte. Es war wirklich schade, dass Sophie heute nicht dabei sein konnte!

Das bedauerte sie erneut, als sie bei der Feier die ersten der üblichen neugierigen und gehässigen Fragen hinter sich hatte und am liebsten etwas Scharfes trinken würde, um den fiesen Geschmack hinunter zu spülen, als sie von Cindy gerettet wurde.

Schon als ihre Schwester den Raum betrat war ihr anzusehen, dass sie gleich eine große Neuigkeit verkünden würde. Cindy, die selbst Mode entwarf und nähte, bevorzugte auch Grün, was sehr gut zu ihren rotblonden Haaren passte. Obwohl sie eigentlich nie richtig schlank war, schien sie mehr als nur ein wenig zugenommen zu haben, dennoch strahlte sie in die Runde. Seit sie mit Karsten fest zusammen war, hatte sie ein solches Selbstbewusstsein entwickelt, das Chrissie regelrecht neidisch machte. Sogar ihre Mutter hielt sich in letzter Zeit bei ihr mit ätzenden Kritik zurück.

Als Cindy das Sektglas ablehnte, das ihr die Mutter reichte, ahnte Chrissie bereits, was folgen würde. „Keinen Alkohol bitte", rief Cindy laut. „Wir sind schwanger!"

Ihre Schwester fühlte einen Kloß im Hals. Was hätte sie dafür gegeben, jetzt an Cindys Stelle zu sein?

Aber dann verdrängte sie die Neidgefühle und umarmte sie freudig. Nachdem Cindy die Runde gemacht und alle Glückwünsche entgegengenommen und über die nicht immer wohlmeinenden Bemerkungen gelacht hatte, setzte sie sich zu ihrer großen Schwester. Chrissie war noch dabei den Stimmungsumschwung bei den anwesenden Damen zu verkraften. Wenn man sie fragte warum sie keine Kinder habe, klang das immer so, als habe sie das allergrößte Glück und den größten Spaß im Leben verpasst, aber zu Cindys

Schwangerschaft gab es andere Reaktionen. *„Hast du schon die Morgenübelkeit? Wenn du Pech hast dauert das 6 Monate.“* Oder *„Mach dich darauf gefasst, die nächsten Jahre kaum Schlaf zu kriegen.“* Wenn das alles so schlimm war, warum sollte sie dann unbedingt Kinder bekommen? Aber diese peinliche Frage würde sie sich für die nächste Feier aufheben. Sie grinste und betrachtete ihre Schwester genauer. „Du siehst nicht so aus, als ob es schlimm wäre schwanger zu sein.“

Cindy grinste genauso vergnügt und strich ihre Locken aus dem Gesicht. „Ich fühle mich fantastisch. Karsten und ich sind so happy, er bastelt schon lange an einer Wiege und jetzt hat es endlich geklappt.“ Stolz zog sie ihren Mutterpass aus der Tasche und präsentierte ihn ihrer Schwester. Chrissie, die so etwas noch nicht gesehen hatte, öffnete ihn neugierig und blickte über die ersten Eintragungen der Frauenärztin.

„Hier steht meine Blutgruppe und der Rhesusfaktor, das ist wichtig, falls mir etwas passiert und ich eine Bluttransfusion brauche. Das mit dem Rhesusfaktor habe ich noch nicht so ganz verstanden.“ Chrissie hatte ihr nur halb zugehört, weil sie völlig irritiert auf die Blutgruppe ihrer Schwester starrte. Cindy hatte Blutgruppe A, das konnte doch nicht sein!

Sie hatte sich eine Zeit lang mit der Blutgruppenkost beschäftigt und war sich sicher, dass bei den Kindern die dominanten Blutgruppen der Eltern entscheidend waren und sie hatte 0. Also hätten ihre beiden Eltern ebenfalls die Blutgruppe 0 haben müssen. Aber wie konnten sie dann eine Tochter mit Blutgruppe A haben?

Und was war mit ihrem Bruder Felix? Sie brauchte unbedingt seine Blutgruppe, um sich ein Gesamtbild zu machen. Waren medizinische Anomalien möglich oder gehörte sie nicht zu dieser Familie? Eine Überlegung, die sie total irritierte.

Als sie am Abend mit Sophie telefonierte, um ihr zu erzählen, dass Felix Onkel würde, fragte sie ganz nebenbei nach seiner Blutgruppe. Sophie musste nicht lange überlegen. „Er hat natürlich A und ich ziehe ihn immer auf, weil er damit kaum zu den Siegertypen gehören kann. Er hat es lieber gemütlich und möchte nur nette Menschen um sich haben. Warum fragst du?"

„Es gibt da eine Unstimmigkeit, die mir bisher überhaupt nicht aufgefallen ist", erklärte Chrissie, deren Stimme schon leicht zitterte. „Wenn Cindy und Felix die Blutgruppe A haben und ich die Blutgruppe 0, dann bin ich doch nicht ihre Schwester."

„Das ist Quatsch", wurde sie sofort von Sophie gestoppt. „Es kann höchstens sein, dass du eine Halbschwester bist. Du bist die Tochter ihrer Hoheit, auch wenn ich das ungern sage, ihr seht euch viel zu ähnlich. Cindy hat die gleiche Haarfarbe und auch die gleichen Gesichtszüge wie du, also seid ihr verwandt. Wenn ich nur nach dem Äußeren gehe, müsste ich eher annehmen, dass Felix ein Kuckuckskind wäre. Aber was ich tatsächlich vermute ist, dass du eventuell einen anderen Vater hast. Stell dir mal vor ihre Hoheit

wäre fremdgegangen, aber das ist ja eigentlich undenkbar.
Was steht denn auf deiner Geburtsurkunde?"

„Du glaubst doch nicht, dass wir Kinder jemals solche wichtigen
Dokumente gesehen hätten. Kannst du nicht irgendetwas rauskriegen? Ich bin viel zu durcheinander um klar zu denken."

„Ich kann das nicht, aber ich weiß wer es kann. Wenn du uns die
Erlaubnis gibst, digital in deinem Leben herumzustöbern, dann rufe
ich Feli an. Sie ist ein Ass auf diesem Gebiet. Ich melde mich dann,
wenn ich mehr weiß."

Nach dem Gespräch fühlte sich Chrissie etwas erleichtert, bis sich
ihr Gedankenkarussell erneut einschaltete. Wer war sie wirklich?
Die roten Haare konnten auch ein Zufall sein. Gehörte sie wirklich
zu dieser Familie oder war sie heimlich adoptiert? Wenn ja, wo
kam sie dann her?

Unruhig lief sie durch das Wohnzimmer ihrer kleinen Dachwohnung, die sie sich in der Nähe ihres Ladens gesucht hatte. Sonst
kam sie immer in den Räumen, die ganz in unterschiedlichen Grüntönen eingerichtet waren zur Ruhe, aber nicht heute. Gedankenverloren nahm sie das französische Modejournal, das auf dem kleinen
Tisch lag zur Hand und legte es wieder weg. Mode war sonst wie
Balsam für ihre Seele, aber heute auch nicht. Sollte sie ein Entspannungsbad nehmen? Nein, sie brauchte jemanden zum Reden,
der sie auch verstand. Sie griff zum Telefon und rief den einzigen
an, der über genau die richtigen Fähigkeiten verfügte.

Jan Behrend nahm so schnell ab, als habe er schon auf ihren Anruf gewartet. Er hörte nur kurz ihre verwirrende Nachricht und entschied sich schnell. „Ich bin in zehn Minuten bei dir."

Besorgt legte er auf und machte sich sofort auf den Weg. Chrissie hatte einen besonderen Platz in seinem Herzen, schon seit der ersten Behandlung. Bereits damals hätte er sie am liebsten tröstend in seine Arme geschlossen, aber sie war seine Patientin und von einem Mann sehr verletzt worden. All das zwang ihn äußerst zurückhaltend zu bleiben und seine Gefühle im Herzen zu verschließen. Gleich nach dem Ende der Therapie bemühte er sich um sie, aber sehr schonend und behutsam. Ihm gefiel nicht nur ihre zarte Schönheit die kesse Nase, die rotblonden Locken und die grünschimmernden Augen, er mochte auch die Ernsthaftigkeit, mit der sie ihr Geschäft erfolgreich führte. Und er konnte sich sogar mit ihren esoterischen Interessen anfreunden, da sie keinesfalls fanatisch war, sondern alles locker nahm. Gerade ihr Begeisterung für solche Dinge, wie die Wirkung von Edelsteinen auf Menschen, Aura-Fotografie oder Horoskope, hatten ihm Gelegenheit gegeben, häufiger mit ihr zusammen zu sein. Er wäre ihr gerne schon viel nähergekommen, wagte es aber nicht, weil er sich immer noch an ihre entsetzten Blicke erinnerte, als sie das Trauma des Angriffs bearbeitet hatten. Dass ihr ein Mann so etwas angetan hatte, ließ ihn immer noch zögern, sie überhaupt in den Arm zu nehmen. Heute schien alles anders zu sein. Sie hatte kaum die Tür geöffnet, als sie sich schon in seine Arme warf. Er hielt sie vorsichtig, immer darauf gefasst, dass sie zurückweichen könnte, aber dann zog er sie doch fester an sich.

„Ich weiß nicht mehr, wer ich bin", schluchzte Chrissie. „Ich weiß nicht was ich machen soll. Es ist so ein Chaos."

Nachdem die ersten Tränen versiegt waren, wurde sich Chrissie bewusst, wie fest er sie hielt und sie, die sonst jedem körperlichen Kontakt auswich fand es tröstlich, dass er sie einfach festhielt und ihr so wieder das Gefühl von Sicherheit gab. Allerdings nahm sie auch seinen Körper war, spürte seine festen Muskeln und wollte eigentlich wie üblich zurückweichen, aber andererseits auch lieber noch in seinen Armen bleiben. Das Telefon nahm ihr die Entscheidung ab. Sophie meldete sich. „Feli sitzt schon an dem Auftrag und kommt morgen gegen 17.00 Uhr zu mir, Oma Laura nimmt die Kids und wir können die Sache auswerten."

Chrissie bedankte sich und legte auf. „Wahrscheinlich habe ich überreagiert, es scheint sich schon einiges zu klären. Möchtest du etwas trinken?"

Enttäuscht setzte sich Jan. „Ein Wasser bitte. Und dann möchte ich die ganze Geschichte hören."

Nachdem sie ihm mit einigen tränenreichen Unterbrechungen alles erzählt hatte, schwieg Jan zunächst, dann fragte er etwas, das Chrissie überraschte. „Ist das, was deine Mutter beruflich macht so enorm wichtig?"

„So genau weiß ich das eigentlich nicht", überlegte sie. „Früher hat sie in der Stadtverwaltung gearbeitet, aber seitdem unser Vater verstarb und wir aus dem Haus sind, eigentlich nur noch für solche hoch wichtigen Vereine, die gesellschaftliche Höhepunkte organisieren, Golfturniere, Pressebälle und ähnliches. Warum fragst du?"

„Ich habe den Eindruck, dass ihr alle euch an ihren Leistungen messt oder dass sie euch den Eindruck vermittelt hat, ihr könntet nie so gut sein wie sie."

„Das hast du genau richtig erfasst, so kenne ich es seit frühester Kindheit. Wenn unser Vater zuhause war, war es nicht ganz so schlimm, aber er war leider häufig unterwegs. Also hatte sie genügend Zeit uns zu demonstrieren, was wir alles falsch machten oder wo wir ihren hohen Ansprüchen nicht genügten. Und wenn ich adoptiert wurde, könnte ich das vielleicht verstehen, aber sie behandelt die anderen genauso. Vielleicht wollte sie überhaupt keine Kinder."

„Auch das ist möglich, aber nicht dein Problem. Egal aus welcher Familie du kommst, du bist die Person, die ihr Leben meistert, eine liebenswerte, süße Person, die mir jeden Tag besser gefällt, nicht nur deine hübsche Nase, die Locken und die strahlenden Augen, ich mag das Gesamtpaket."

„Aber…" Chrissie starrte ihn verwundert an. Jan lächelte nur.

„Du kannst dich langsam mit dieser Idee anfreunden, ich wollte nur, dass du gerade heute weißt, wie wichtig du mir bist. Und ich möchte natürlich wissen, wie es weitergeht und was deine Detektivfreundin herausfindet. Ruf mich an, wenn du mich brauchst."

Dann gab er ihr einen sanften Kuss auf die Wange, verschwand ohne weitere Bemerkungen und ließ eine sprachlose Chrissie zurück. Irgendwann erschien dann doch ein vorsichtiges Lächeln auf ihrem Gesicht, das ihre Augen strahlen und das Problem ihrer Abstammung etwas schrumpfen ließ.

Am nächsten Tag verließ sie das *Fashion Dream* rechtzeitig, um pünktlich bei Sophie einzutreffen. Natürlich hatte sie einige Kleinigkeiten für die Zwillinge und Obstkuchen für die Erwachsenen vorbereitet.

Nach den ersten wohltuenden Schlucken ihres Latte Macchiatos berichtete Feli bereits. „Also, es gibt eine Geburtsurkunde für dich, danach bist du die Tochter deiner Mutter und auch die Tochter deines Vaters, den du kennst."

Enttäuscht sah Chrissie hoch. „Das bringt mich nicht weiter, weil es unmöglich ist. Wie finde ich denn jetzt den biologischen Vater? Oder vielleicht war es ja ein anonymer Samenspender?" Bei der letzten Vermutung wurde ihr flau im Magen. Hoffentlich traf das nicht zu.

„Du hast uns ja erlaubt ein wenig mehr zu forschen, es gibt da noch eine Ungereimtheit. Sophie wusste auch nichts davon, aber du besitzt einen Treuhandfonds, den jemand für dich eingerichtet hat."

Chrissie schüttelte sofort entschieden den Kopf. „Ich musste für meinen Laden einen Wahnsinns-Kredit aufnehmen, glaubst du, dass ich das gemacht hätte, wenn es einen Treuhandfonds gäbe?"

Feli nickte nur und schob ihr einen Konto-Auszug zu.

Chrissie rieb sich ungläubig die Augen, aber dort stand tatsächlich ihr Name und eine Anfangssumme, bei der ihr schwindlig wurde. Hilfesuchend sah sie Sophie an. „Irgendjemand hat vor 10 Jahren diese Riesensumme für mich eingezahlt? Wer war das und wieso weiß ich davon nichts?"

Sophie konnte die Aufregung ihrer Freundin gut verstehen, deshalb übernahm sie es, ihr das weiterzugeben, was Feli auch herausgefunden hatte. „Wir wissen nicht genau, warum dieser Treuhandfonds eingerichtet wurde, aber wir vermuten, dass es dein biologischer Vater gewesen sein könnte, denn die Gründung des Fonds war genau an deinem 18. Geburtstag. Der Einzahler ist ein Kay Schweikert."

Als sie sah wie Chrissie zusammenzuckte, fragte sie nach. „Sagt dir dieser Name etwas?"

Die sah sie völlig überrascht an. „Der sagt mir eine ganze Menge. Diesem Mann gehören enorm viele Kleiderläden oder ganze Ketten in halb Europa, er ist eins meiner heimlichen Idole. Aber er kann nicht mein Vater sein! Meine Mutter hätte doch niemals einen so reichen Mann aus ihren Fingern gelassen."

„Zu deiner Mutter muss ich dir auch noch etwas sagen. Es bestätigt eigentlich nur, was wir beide bisher schon über ihre Hoheit dachten. Sie ist als Verwalterin deines Treuhandfonds eingetragen, sie hat ihn aber nicht treuhänderisch verwaltet, sondern in den letzten 10 Jahren regelmäßig verbraucht, es ist also kaum noch etwas übrig.“

Chrissie saß wie betäubt. Die Frau, die ihr das Leben mit ihren ständigen Vorwürfen zur Hölle gemacht hatte und die sich immer wieder verächtlich über ihre Arbeit ausließ, lebte seit 10 Jahren von dem Geld das eigentlich ihr gehörte?

Sophie, die die Erschütterung ihrer Freundin nachvollziehen konnte, legte tröstend den Arm um sie, als Felix in den Raum kam.

„Was ist das denn für eine Jammerveranstaltung? Ich dachte hier wäre ein lustiger Kaffeeklatsch!“ Seine lächelnde Miene wurde sofort ernst, als er das traurige und verletzte Gesicht seine Schwester sah. Nachdem er von Sophie gehört hatte worum es ging, zog er Chrissie in seine Arme. „Wenn ich nur einmal von dir hören sollte, dass ich nicht dein Bruder wäre, versohle ich dir den Hintern. Natürlich bist du meine Schwester, aber auf diese Mutter können wir sicher gerne verzichten. Lass uns lieber mal deinen Vater ansehen, der ist hoffentlich ein besserer Typ.“

Das lockerte die Stimmung wieder auf, dennoch fühlte sich Chrissie noch nicht stark genug, um ihre Mutter mit ihrem Wissen zu konfrontieren, obwohl sich Sophie sofort angeboten hatte mitzukommen.

„Wenn du sicher bist, dass du das machen willst“, schlug schließlich Felix vor, „sage Bescheid, dann kommen wir alle mit und machen ihrer Hoheit Feuer unter dem Hintern. Ich rede mit Cindy, die ist mit Sicherheit auch dabei."

Auf dem Heimweg war Chrissie einerseits erleichtert mehr zu wissen, andererseits lagen schwierige Entscheidungen vor ihr. Auf den unbekannten Vater war sie eher neugierig, aber ihr graute dermaßen vor der Auseinandersetzung mit ihrer Mutter, dass sie froh war es etwas hinausgeschoben zu haben. Keiner von ihnen hatte ihr jemals die Stirn geboten, bisher wurde immer getan, was ihre Hoheit verlangte. Wenn damit Schluss sein sollte, brauchte sie Hilfe und zwar die beste, die sie bekommen konnte. Sie rief Jan an und verabredete sich für den nächsten Tag mit ihm.

Nach einer unruhigen Nacht war sie froh darüber, im Geschäft von ihren Sorgen etwas abgelenkt zu werden. Emilia, eine ehemalige Psychologie-Dozentin und mittlerweile eine bekannte Krimiautorin kam zum ersten Mal zu *Fashion Dream*. Da sie eine gute Bekannte von Sophies Oma Laura war und Chrissie sie schon öfter getroffen hatte, wurde es ein lustiger Vormittag. Allerdings kam der elegante Stil, der ihr eigentlich vorgeschwebt hatte, bei der Kundin gar nicht an. Ihre Modewünsche waren viel verwegener, als man es von einer über 70-jährigen erwarten würde. Als sich Emilia glücklich über die bisherige Auswahl an Kleidern verabschiedete, drückte sie Chrissie anerkennend die Hand. „Sie haben einen wunderbaren Laden geschaffen, das war bestimmt nicht leicht und ein ziemlich kühner Schritt. Es ist eine alte Weisheit: Wer nie was riskiert, kann zwar auch nicht scheitern, nur verpasst er natürlich auch die größten Chancen. Risiko ist immer besser als Reue. Aber das wissen Sie ja bereits."

Die nickte nur nachdenklich, weil sie jetzt instinktiv wusste, was zu tun war. Emilias Bemerkung hatte nur den letzten Anstoß gegeben. Wieso hatte sie bisher überhaupt so viel Rücksicht genommen? Sie war selbständig, war erfolgreich, hatte Freunde und Bekannte, die ihr alle viel näherstanden als ihre Mutter. Was würde sie denn verlieren, wenn sie nicht mehr feige wäre und ab jetzt das Risiko einging, mit ihrer Hoheit endlich mal Klartext zu sprechen? Eigentlich nichts! Erleichtert pustete sie die angehaltene Luft aus und verabschiedete sich von Josefine.

Auf dem Weg zu Jan, der seine Praxis im alten Bahnhof hatte, erinnerte sich Chrissie noch einmal daran, wie sie hier mit ihrer ersten kleinen Boutique begann und heute gehörte ihr eines der ersten Geschäfte in der Südstadt. Und das hatte sie allein geschafft, auch gegen den ständigen Widerstand ihrer Mutter und deren allwissenden Freundinnen.

Als Jan ihr öffnete, war sie schon viel entschlossener, endlich auch das letzte Hindernis auf ihrem Lebensweg zu beseitigen. Er hatte sich ebenfalls viele Gedanken gemacht und freute sich, dass Chrissie offener wurde und nicht gleich bei jedem Körperkontakt zusammenzuckte, aber vom Ziel seiner Wünsche fühlte er sich noch

Meilen weit entfernt. Aber wenn er ihr wirksam half, ihre Probleme zu lösen, könnte sie sich vielleicht daran gewöhnen, mit ihm zusammen zu sein und auch mehr. Außerdem hatte er noch eine kleine Überraschung für sie besorgt, die ihr bestimmt Freude machen würde.

Als sie hereinkam, fiel ihm auf, dass sie bereits ausgeglichener und entschlossener wirkte. Das waren gute Voraussetzungen. Allerdings war er, nachdem er die ganze Geschichte gehört hatte, selbst erschüttert über das lieblose und berechnende Verhalten dieser Frau. So dürften Mütter einfach nicht sein!

„Jetzt musst du sie wahrscheinlich doch mit deinem Wissen konfrontieren, fühlst du dich stark genug?"

„Ich bin ziemlich wütend und eigentlich fertig mit ihr, aber ich kenne sie", seufzte Chrissie. „Sie wird mir wieder das Wort im Mund umdrehen und zum Schluss bin ich schuld. Aber Sophie und meine Geschwister werden mitkommen, damit ich ihr nicht alleine gegenübertreten muss. Aber sicher bin ich mir noch nicht. Hast du nicht etwas, was mich unverletzbar macht?"

Jan lächelte verständnisvoll. „In dieser besonderen Situation gehen wir davon aus, dass ich dein Freund bin und vielleicht irgendwann noch mehr, dennoch würde ich dich gerne noch einmal als Therapeut in eine Trance führen. Dann kannst du dich in tief entspannten und sicheren Zustand mit deiner Mutter direkt auseinandersetzen."

„Du meinst so etwas wie eine Generalprobe? Da bin ich dabei."

Nach der kurzen Trance strahlte sie regelrecht und fühlte sich ge-
wappnet für dieses Gespräch oder auch weitere, wenn sie notwendig sein sollten. „Morgen vormittags werde ich mich bei dem Mann
melden, der vermutlich mein wirklicher Vater ist, auf ihn ich bin
schon sehr gespannt. Und dann gegen Abend kommt der Show-
down bei ihrer Hoheit. Ich freue mich nicht darauf, aber ich habe
jetzt ein besseres Gefühl. Danke, Jan.“

„Ich habe noch einen kleinen Glücksbringer für dich, ich war gestern auf unserem Trödel-Markt, hoffentlich gefällt er dir.“

Chrissie starrte überrascht auf die zarte Goldkette mit einem grünen
Anhänger, die er ihr entgegenhielt. „Vielen Dank und auch noch so
passend. Das ist ein Alexandrit, der hilft in persönlichen Krisen,
wenn alles ausweglos erscheint und fördert die Bereitschaft, wieder
Risiken einzugehen.“

„Auch Risiken in der Liebe, das hat die alte Dame, die ihn mir verkauft hat, extra betont.“

Chrissie spürte, wie ihr die Röte in die Wangen schoss und drehte
sich schnell um, damit er ihr die Kette umlegen konnte. Obwohl sie
eine Menge über Edelsteine wusste und Freunden und Bekannten
oft Ratschläge gab, welcher Stein Linderung bei Problemen bringen könnte, hätte sie nie daran geglaubt, selbst eine so unwillkürli-
che starke Wirkung zu spüren. Sie fühlte sich im gleichen Moment
gelöster, freier und mutiger, fast wie durch einen Schutzzauber.
Oder lag das einfach nur an Jan? Sie lächelte. Das war eigentlich

egal, denn sie könnte ja beides haben und diesmal würde sie ihre Chance richtig nutzen.

Am nächsten Morgen meldete sie sich telefonisch in der Geschäftsstelle von Kay Schweikert, hatte jedoch wenig Hoffnung, ihn gleich erreichen zu können. Aber sobald sie dem Assistenten im Vorzimmer ihren Namen genannt hatte, wurde sie sofort weiter verbunden und hörte zum ersten Mal die Stimme ihres Vaters, an dessen Bemerkungen sie bereits spürte, wie er sich über ihren Anruf freute. Erschüttert hörte sie dann, dass er immer wieder versucht habe, Kontakt zu ihr aufzunehmen, aber ihre Mutter habe sich geweigert und ihm sogar mit Strafe gedroht.

Noch ein Grund für sie endlich mit ihr abzurechnen, aber die Beziehung zu ihrem Vater könnte interessant werden. Sie hatte ihn gleich eingeladen, sich ihr Geschäft anzusehen und war total überrascht, dass er es schon von seinen Leuten hatte prüfen lassen, es für vielversprechend hielt und bereits sehr stolz auf seine Tochter war. Allerdings war er auch entsetzt, als er vom Verhalten ihrer Mutter hörte. „Ich kläre das mit der Bank, du musst dir keine Sorgen mehr machen."

Als sie das Gespräch beendet hatte, umarmte sie Josefine und tanzte mit ihr durch den glücklicherweise noch leeren Laden. „Ich habe gerade einen sehr netten Menschen kennengelernt, der sogar mein Vater ist und er findet unsere Geschäftsidee super! Ist das nicht großartig und supertoll?"

Da ihre Freundin genauso überrascht war, hörte sie dann auch die ganze Geschichte, die Chrissie mit der Bemerkung abschloss: „Mit meinen Geschwistern habe ich verabredet, dass wir heute zu ihrer Hoheit gehen und das ist dann auch wirklich das letzte Mal, keine ätzenden Familienfeiern, keine lästigen Fragen, keine gehässigen Bemerkungen, keine Vorwürfe, endlich Ruhe!"

„Und ein neues Glück oder sehe ich das falsch?" Josefine, die in ihrer Beziehung sehr glücklich war, deutete auf den Anhänger.

„Ich hoffe es sehr", seufzte Chrissie und zeigte stolz ihren neuen Talisman.

„Und wofür steht dieser Stein?"

„Eigentlich hilft er in allen schwierigen Situationen, aber die Frau, die ihn Jan verkauft hat, soll gesagt haben, für die Bereitschaft wieder Risiken in der Liebe einzugehen."

„Dann klappt das auch ganz bestimmt."

Obwohl sie alles durchdacht hatte und mit sich im Reinen war, klopfte Chrissies Herz am Abend doch etwas heftiger, als sie mit Felix, Sophie und Cindy an der Tür ihres großzügigen Elternhauses stand und klingelte.

„Habt ihr euch angemeldet? Ich habe jetzt wirklich keine Zeit." Mit dieser Bemerkung versuchte Kunigunde Brunner ihren Kindern die Tür vor der Nase zuzuschlagen.

„Du wirst dir die Zeit nehmen müssen, denn ich habe einige Fragen mit dir zu klären." Chrissie trat mutig vor, wurde aber von ihrer

Hoheit sofort gestoppt. „Wenn du Fragen hast, dann ruf die Auskunft an, ich habe zu tun."

„Ich glaube kaum, dass es zur Zeit etwas Wichtigeres gibt, als meine Fragen, zum Beispiel: Wer ist mein Vater?"

„Dein Vater ist verstorben, daran wirst du dich doch noch erinnern können."

„Du lügst ziemlich schlecht, mein biologischer Vater lebt. Ich habe heute mit ihm geredet und daher weiß ich, Kay Schweikert wollte immer mein Vater sein, aber du hast es verhindert. Warum?"

Jetzt wurde ihre Mutter wütend. „Das war meine Entscheidung, ihr könnt euch doch gar nicht vorstellen wie es damals war. Euer Vater und ich hatten eine Ehekrise und er war sogar ausgezogen. Selbst eine starke Frau wie ich, braucht in solchen Situationen etwas Trost, ich hatte ja nicht erwartet, gleich von Kay schwanger zu werden."

„Aber dann verstehe ich überhaupt nichts mehr", wandte Sophie ein. „Dieser Mann ist reich wie Nabob und du hast ihn dir durch die Finger gleiten lassen?"

Sophies Bemerkung verstärkte die wütende Reaktion ihrer Hoheit.

„Ganz einfach, du Schlaumeierin, weil er damals nur einen kleinen Klamottenladen hatte, während euer Vater mir wesentlich mehr bieten konnte, als er schließlich wieder zurückkam. Aber all das war meine Entscheidung und geht euch überhaupt nichts an."

„Verstehst du jetzt, warum sie uns all die Jahre beschimpft und niedergemacht hat?" Chrissie legte den Arm um Cindy. „Wir beschäftigen uns ja auch nur mit profanen Klamotten und retten nicht die Welt. Wobei ich doch einige Zweifel habe, ob du mit deiner Arbeit die Welt rettest?"

„Wage nicht über meine Arbeit zu richten, sie ist unerlässlich und enorm wichtig für das Allgemeinwohl." Jetzt baute sich ihre Hoheit wie eine zürnende Göttin vor Chrissie auf, doch die wich nicht zurück, bis sich Felix einmischte. „Du reagierst ganz schön überheblich für jemanden, der seit Jahren das Geld seiner Tochter verprasst!"

Das ließ ihre Hoheit fast erstarren, aber sicher nicht einsichtig werden. „Von irgendetwas muss ich schließlich auch leben", schleuderte sie ihnen noch entgegen und zog sich dann beleidigt in ihren Sessel zurück.

Chrissie schüttelte sprachlos den Kopf über diese Reaktion. „Nur zu deiner Information: Der Fonds ist seit heute für dich geschlossen, denn du bist als Treuhänderin abgesetzt."

Dann sah sie zu ihren Geschwistern. „Ich bin hier fertig, wir können gehen und ich komme mit Sicherheit nie wieder zurück."

„Das gleiche gilt für uns" ergänzte Felix und auch Cindy bestätigte: „Wir können sehr gut ohne deine unerträglichen Vorwürfe leben und mein Kind will ich dem überhaupt nicht aussetzen."

„Dann geht doch alle, ich brauche euch nicht."

Kopfschüttelnd verließen sie das Haus, um sich draußen erleichtert in die Arme zu fallen.

„Chrissie, du warst einmalig", lachte Sophie. „Das hatte ich nicht erwartet, aber es war toll, wie stark du plötzlich auftreten konntest, du hast ihr richtig Angst gemacht!"

Felix legte den Arm um Sophie und Chrissie und deutete mit dem Kopf zur Straße. „Ich glaube, da steht derjenige, der sie so stark gemacht hat. Ach, muss Liebe schön sein!"

An der Straßenecke stand Jan und sah abwartend zu ihr, dann öffnete er langsam seine Arme. Chrissie holte tief Luft, lief die wenigen Meter sicher im Eiltempo und stürzte sich in seine Arme. Jetzt war endlich alles gut!

Die Entführung

„Kleine Kinder – kleine Sorgen, große Kinder – große Sorgen!"
Normalerweise konnte Martina König solche phrasenhaften Rede-
wendungen überhaupt nicht leiden, aber zurzeit traf dieses Sprich-
wort wirklich zu.

Nach einem enttäuschten Blick auf ihr stummes Smartphone war
klar, ihre Tochter schien sich wieder nicht melden zu wollen. Dabei
war sie früher so ein pflegeleichtes Kind gewesen, wann hatte sich
das so drastisch geändert?

Sie seufzte kurz und strich dann energisch ihre honigblonden Haare
zurück. Diese Situation mit Kelly zog sich schon zu lange hin, so
konnte es einfach nicht weitergehen! *Wahrscheinlich muss ich doch
noch meine Mutter anrufen und um Hilfe bitten.*

Sie verzog den Mund. Genau das wollte sie eigentlich vermeiden,
denn damit hatte sie schon die unterschiedlichsten Erfahrungen
gemacht und nicht nur gute. Immer wenn sich ihre Mutter entschied zu handeln, dann rigoros und direkt ohne Rücksicht auf Ver-
luste, während sie meist versöhnlich versuchte, die unterschiedlichen Standpunkte schrittweise einander anzunähern.

Aber bei ihrer Tochter hatte das bisher überhaupt nicht geholfen.
Sie blieb ablehnend, teilnahmslos und manchmal auf eine zurück-
haltende Art sogar aggressiv. Das einzige was sie von sich gab, war
dieser stereotype Satz: „Lass mich doch einfach in Ruhe!"
Und das lief jetzt schon acht Wochen so. Über das was davor lag,

schwieg sich ihre Tochter aus. Martina hatte nur von der Nachbarin einiges erfahren, aber sicher nicht genug. Begonnen hatte alles mit einem schlimmen Mobbing in der Immobilienfirma, in der Kelly seit ihrem Studium arbeitet. Leider schien sie über die hinterlistigen Angriffe viel zu lang geschwiegen und standhaft alle boshaften Gemeinheiten still ertragen zu haben.

Vielleicht habe ich ihr meine versöhnliche Art doch zu stark vermittelt, überlegte Martina sorgenvoll. Kelly hätte damals bei dem wirklich fiesen Vorgehen ihrer Kollegin entschieden auf den Tisch hauen und sich beschweren müssen. Nur deshalb gelang es dieser Schlange, ihrer Tochter einen schwerwiegenden Fehler anzulasten, der ohne genauere Prüfung schließlich zur fristlosen Kündigung führte, wie Martina heimlich gelesen hatte. Der Brief lag schließlich fast offen auf dem kleinen Schreibtisch, da durfte man nachsehen.

Außer ihr hatte sich ja keiner gekümmert. Elias, Kellys Lebensgefährte, der auch dort arbeitete, hätte ihr eigentlich in dieser Zeit eine Stütze sein sollen, doch er gab ihr sogar die Schuld. Hinter dem Rücken von Kelly war er klammheimlich ausgezogen und ließ sie einfach mit ihren Problemen allein. Das hatte ihr die Nachbarin auch empört berichtet. Martina schnaubte spöttisch auf. Sie konnte diesen Softie noch nie leiden, hielt sich aber bisher ihrer Tochter zuliebe zurück. Von diesem zweiten Schicksalsschlag erholte sich Kelly nicht wieder, sondern war nach einem heftigen Zusammenbruch krank geblieben. Martina seufzte sorgenvoll, denn inzwischen gewann sie den Eindruck, dass Kelly selbst gar kein Interesse mehr an einer Besserung hatte.

Soweit sie wusste, wurde bei ihrer Tochter eine mittelschwere Depression diagnostiziert, sie bekam auch diverse Medikamente, aber nichts brachte irgendeine Änderung. Sie schüttelte bedrückt den Kopf. Kelly war doch erst 26, aber sie schien keine Träume mehr zu haben, nichts mehr zu erwarten und mit ihrem Leben fast abgeschlossen zu haben.

Als sie in dem Alter war, hatte sie schon stolz ihren Meisterbrief in der Tasche und sich mit ihrer kleinen Möbeltischlerei selbständig gemacht. In ihrer Freude darüber alles erreicht zu haben, schien ihr diese Möglichkeit damals zwar anspruchsvoll und anstrengend, aber andererseits auch sehr praktisch, da sie ihre Kleine immer in der Nähe behalten konnte. Sie war auch damit fertig geworden, dass sich Kellys Vater als wenig brauchbar für ein Familienleben erwiesen hatte und sich zu häufig für andere interessierte. Also setzte sie ihn an die Luft und machte mit ihrem Leben einfach weiter.

Was war bei Kelly schiefgelaufen? Wieso kam sie nach der Trennung von Elias nicht wieder auf die Beine? Denn dass ein neuer Job ein Problem sein sollte, glaubte Martina nicht, schließlich verfügte ihre Tochter nicht nur einen Bachelor in Immobilienwirtschaft, sondern auch eine Menge Erfahrung. War also die Trennung von diesem Typen das Hauptproblem? Wollte ihn Kelly eventuell zurück? Nein, dafür war sie einfach zu teilnahmslos.

Sie stockte, wenn sie es recht betrachtete, müsste sie bei diesem Desinteresse ansetzen und sie vor allem wieder aus dieser Lethargie reißen? Aber wie?

Grübelnd durchquerte sie ihre Werkstatt. Sie hatte kaum ein Auge für den kleinen Beistelltisch, den sie für eine gute Freundin überarbeitete und dessen Holz schon sanft schimmerte. Wie kam sie an Kelly heran? Dafür würde sie wirklich alles tun und auch jede noch so verrückte Chance nutzen!

Entschlossen wählte sie jetzt doch die Privatnummer ihrer Mutter und hoffte, dass sie an diesem Wochenende nicht arbeiten musste. Auch wenn sie ihr das nie sagen würde, fand sie den Einsatz ihrer Mutter toll. Es gab bestimmt nicht viele Frauen wie Dolores, die nach Erreichen des Rentenalters als Oberärztin aus der Klinik ausschieden, um sich dann irgendwo in Mecklenburg als Landärztin niederzulassen. Und auch jetzt mit 75 schien sie nicht ans Aufhören zu denken.

So viel Mut und so viel Stehvermögen, wünschte sie sich für später auch, aber jetzt vor allem für ihre Tochter. Vielleicht hatte ihre Mutter mit ihren umfangreichen Erfahrungen ja einen brauchbaren Rat und sie war auch tatsächlich erreichbar. Nachdem Martina noch etwas zaghaft das Problem schilderte, polterte ihre Mutter auf die übliche Art los. „Mittelschwere Depression, dass ich nicht lache!

Früher hieß das vegetative Dystonie und wir haben es im Klartext immer genannt: *Was Genaues weiß man nicht!*"

Martina verzog unmutig den Mund. „Schön, dass du so eine klare Meinung hast, aber das hilft mir nicht weiter. Was könnte das Mädchen wieder aufrütteln, was bringt sie dazu wieder leben zu wollen?"

Die Antwort von Dolores kam schnell. „Sie muss als erstes raus aus dem Bett und der Wohnung. Du musst sie wirklich zwingen ins Freie zu gehen, sie muss sich bewegen, muss regelmäßig essen und wieder eine feste Struktur für den Tag bekommen. Und der Kreislauf sollte unbedingt trainiert werden."

Martina verdrehte die Augen. Ganz bestimmt ging der Rat ihrer Mutter in die richtige Richtung, nur wie sollte sie das umsetzen?

„Aber Mutter, sie redet ja nicht einmal mit mir. Wenn ich komme um etwas zu essen zu machen und zu lüften, dreht sie sich nur im Bett auf die andere Seite. Wenn ich nicht saubermachen würde, wäre die Wohnung total verdreckt."

„Ihr Verhalten ist in dieser Phase auch noch normal, sie empfindet vermutlich alles als unzumutbare Mühe oder Plage. Aber wenn sie sich nicht überwindet, bleibt das so und sie wird immer schwächer."

„Das ist meine Sorge auch", bestätigte Martina. „Ich müsste sie dort rausholen können, raus aus ihrem gewohnten Umfeld, irgendwohin wo ich besser an sie rankomme."

Dolores lachte belustigt auf. „Eins rauf mit Mütze! Dieser Vorschlag hätte von mir kommen können und ich habe auch die richtige Idee dafür. Eigentlich wollte ich dir anbieten, mit ihr hierher zu kommen, hier ist ein mildes Klima, ein schöner See, gesunde Wälder, aber es ist nicht einsam genug. Du brauchst etwas, wo sie andere nicht erreichen und vor allem, dir nicht weglaufen kann."

„Genau das meinte ich", warf Martina ein.

„Mein Freund Leonhard hat eine Hütte in einem entlegenen Waldgebiet, mindestens 20 Kilometer vom nächsten Haus entfernt und es gibt dort auch keinen Handyempfang. Aber sonst ist es dort superschön. Ich war schon mal da, um für mich privat eine Kneipp-Kur zu machen, weil da ein See und ein Wasserfall für die Anwendungen zur Verfügung stehen und natürlich auch genügend Gräben zum Wassertreten. Wenn ich es recht bedenke, dann wäre das wirklich genau das Richtige für Kelly."

„Mutter, du glaubst doch nicht im Ernst, dass Wassertreten eine Depression heilen kann?" Martina konnte ihre Zweifel kaum unterdrücken, aber ihre Mutter lachte nur ungerührt. „Natürlich nicht, aber die Ordnungstherapie nach Kneipp kann ihr Leben in die richtigen Bahnen lenken. Ich schicke dir meinen Kur-Plan, dann kannst du selbst entscheiden, ob du ihn anwenden willst oder nicht."

Eine Woche später entschied sich Martina doch, den Rat ihrer Mutter anzunehmen. Als sie wie jede Woche kam, um die Wäsche zu wechseln, fiel ihr nicht nur auf, dass Kelly kaum gegessen hatte und immer blasser wurde. Sie bemerkte auch, als sie ihre Tochter energisch aus dem Bett zog, um die Bezüge zu tauschen, dass sie kaum noch alleine stehen konnte. Was Martina am meisten schockte war, dass Kelly alles egal schien, wie ungepflegt sie aussah, fast abgemagert war und ihren Körper nicht mehr beherrschen konnte. Was war sie früher für eine hübsche lebensfrohe Frau gewesen und jetzt nur noch ein trauriger Abklatsch!

So konnte es nicht weitergehen. Sie musste sofort handeln!

Jeden Abend hatte sie bereits den Kur-Plan und weiteres Material über Kneipp und seine Anwendungen studiert, im Internet nachgelesen und festgestellt, dass ihr das Ganze irgendwie schlüssig erschien vor allem die sinnvolle Nutzung von Licht, Luft und Wasser. Natürlich war sie keine Ärztin, aber Kneipp war ja auch kein Arzt gewesen.

Und nach den ersten Selbstversuchen unter der heimischen Dusche fand sie vor allem die kalten Güsse morgens richtig erfrischend. Natürlich war das nicht gleich so, anfangs hatte sie förmlich nach Luft gejapst, vielleicht sogar geschrien, aber nach einer Woche war sie fast süchtig nach dem Kälteschock. Das könnte vermutlich auch Kelly helfen oder sie wenigstens aus ihrer Lethargie holen Aber wie sollte sie sie überzeugen mit ihr dorthin zu fahren? Sie kannte ihre Tochter gut genug, um zu wissen, dass sie neben der ständigen Teilnahmslosigkeit auch ziemlich bockig sein konnte und sie deshalb einen echten Überraschungseffekt brauchte.

Nach langem Grübeln verfiel sie auf eine abenteuerliche Idee: Ich müsste sie einfach entführen!

Kaum war der Gedanke in ihrem Kopf aufgetaucht, setzte er sich fest. Natürlich wäre das auf der einen Seite ein unentschuldbarer Eingriff in Kellys Leben und es könnte sein, dass sie ihre Tochter damit endgültig verlor. Aber andererseits könnte es vielleicht auch deren Rettung sein. Also volles Risiko oder Augen zu und durch! Das hatte sie oft von ihrer Mutter gehört, aber so eine Entführung würde auf keinen Fall einfach sein. Wenn sie Kelly erstmal in der Hütte hätte, könnte sie sich am Plan von Dolores orientieren, den sie mittlerweile schon im Schlaf beherrschte. Aber wie organisierte man eine Entführung? Gab es dafür irgendwo eine Anleitung? Im Fernsehen lief so etwas immer mit viel Gewalt ab, so sollte es aber bei ihr auf keinen Fall sein.

Ich muss einfach eine gute Ausrede finden und ihr danach keine Zeit zum Überlegen geben, nahm sie sich vor. Außerdem wird sie mir, ihrer harmlosen Mutter, so etwas wie eine Entführung überhaupt nicht zutrauen und deshalb könnte es tatsächlich klappen. Trotz aller Anspannung musste Martina bei diesem Gedanken grinsen.

In den nächsten Tagen bereitete sie die Aktion im Geheimen vor, nur ihre Mutter wusste Bescheid. Freunden und Bekannten erzählte sie lediglich von ein paar Wochen Auszeit in einer einsamen Hütte und ihre Freundin verpflichtete sie im letzten Moment noch, sich um Post und Zimmerpflanzen zu kümmern.

Nachdem sie die die Räume der besonderen Hütte in einem Video gesehen und die Schlüssel für das Häuschen endlich in den Händen hatte, belud sie ihren Pickup mit ausreichend Lebensmitteln, Küchengeräten, Wäsche und anderen notwendigen Dingen und tauchte sehr früh am nächsten Morgen bei ihrer Tochter auf. Sie klingelte Sturm, öffnete die Tür dann doch lieber selbst mit ihrem Schlüssel und zog ihre Tochter im Schlafanzug aus dem Bett in Richtung Tür. Im Vorbeigehen schnappte sie sich Kellys Handtasche und die Reisetasche, die sie schon einige Tage früher gepackt hatte und stürmte mit ihrer Tochter am Arm zurück zum Auto. Anfangs ließ sich Kelly teilnahmslos mitziehen, leistete aber Widerstand, als sie die Wohnung bereits verlassen hatten. Martina ließ ihr keine Zeit irgendetwas zu machen, sondern zog sie einfach weiter mit sich, verfrachtete sie in ihr Auto und wiederholte ständig stereotyp: „Deine Großmutter braucht uns!"

Kelly zog im Auto mit vorwurfsvollen Blicken den Trainingsanzug über, den Martina bereit hielt, drückte sich in eine Ecke und schmollte. „Was ist denn mit Oma? Du weißt, dass ich krank bin, ich kann keine große Hilfe sein. Ich bin eher eine Belastung."

Martina ging nicht darauf ein. „Ich habe dir ein Frühstück gemacht, nur etwas Leichtes zum Trinken."

Aus den Augenwinkeln beobachtete sie wie Kelly misstrauisch an der kleinen Flasche schnupperte und sie dann fast austrank. Dass ihre Tochter so reagierte, erleichterte sie. Vielleicht war der Zugang zu ihr doch noch nicht ganz verschüttet. Natürlich hatte sie damit gerechnet, dass dieser Saft aus Honigmelone, Blutorange, Kiwi und Papaya ziemlich gut schmeckte, gleichzeitig war er auch ein tolles Kraftpaket gegen die körperliche Schwäche ihrer Tochter. Die Fahrgeräusche schienen beruhigend zu wirken, denn Kelly schlummerte wieder ein.

Martina atmete erleichtert auf, immerhin lag noch eine Stunde Fahrt vor ihr und so lange ihre Tochter fest schlief, hatte sie alle Möglichkeiten in der Hand. Behutsam lenkte sie das schwere Gefährt durch einige heftige Kurven einen Hügel hinauf, durch einen ziemlich dichten Wald bis zu einem kleineren freiliegenden Gelände, von dem aus sie den kleinen See sehen konnte. Nach wenigen Hundert Metern hielt sie schließlich vor einer Hütte, die von außen etwas gebrechlich aussah, aber wie Martina schon wusste, innen allen notwendigen Komfort bieten konnte. Sie ließ Kelly schlafen und begann ihre Vorräte abzuladen, immer mit einem wachsamen Blick auf ihre schlafende Tochter. Als sie fast fertig war, begann sich Kelly zu rühren. „Wo ist denn Oma?"

„Sie ist nicht hier", erklärte Martina ungerührt. „Aber sie hat klare Anweisungen gegeben, was wir hier machen sollen, nämlich eine Kneipp-Kur."

Kelly sah sie fassungslos an, als ob sie an ihrem geistigen Zustand zweifeln würde. „Ich bin krank, ich mache überhaupt keine Kur und schon gar nicht mit dir!"

Martina lächelte nur und lud weiter ab. „Selbstverständlich machen wir eine Kur, Oma hat genaue Anweisungen gegeben. Schau dir das an, ihre Schrift wirst du ja noch erkennen."

Kelly starrte nur einen Moment auf das Blatt und ließ es dann achtlos fallen. Wütend sprang sie auf, um ihre Mutter anzuschreien: „Was ihr wollt, ist mir völlig egal, ich will sofort wieder nachhause."

Martina stapelte gerade das Geschirr in der kleinen Outdoor-Küche und äußerte sich nur kurz über die Schulter. „Das geht nicht, weil ich dich nicht fahren werde. Aber du kannst gerne zu Fuß gehen, es sind nur 20 km zum nächsten Ort."

Kelly antwortete nicht, sondern wühlte nun schon etwas verzweifelt in ihrer Umhängetasche, bis sie ihr Handy fand. „Dann rufe ich mir ein Taxi!"

Martina schwieg einfach und beobachtete nur gelassen, wie ihre Tochter vergeblich auf ein Freizeichen hoffte und das Handy dann wütend in die Tasche warf. Sie atmete auf. Obwohl ihre Aktion doch ziemlich gewagt und der Ausgang ungewiss war, hatte sie mit Freude das energische Funkeln in den dunkelblauen Augen ihrer Tochter wahrgenommen. So viel Reaktion hatte sie schon wochenlang nicht mehr gezeigt. Martina fühlte sich bestätigt. Wenn schon der Beginn ihres Vorhabens so viel Veränderung mit sich brachte, dann konnte es doch nur besser werden, hoffentlich!

Am nächsten Morgen wachte Martina als erste auf, sobald die warmen Sonnenstrahlen über ihr Gesicht zogen. Sie erhob sich fast geräuschlos und betrachtete kurz ihre Tochter, die noch in dem urigen Bett aus Kiefernholz neben ihr schlief. Kelly hatte zwar am Abend immer noch geschimpft und gegrummelt und ihr Freiheitsberaubung und Schlimmeres vorgeworfen, aber danach hatten sie, zwar wenig gesprächig, aber gemeinsam, ihr Abendbrot gegessen und auch gemeinsam Feuerholz für den Außenkamin gesammelt. Offensichtlich war ihre Tochter danach genauso fest geschlafen, wie sie und irgendwie sah sie schon etwas besser aus, nicht mehr ganz so blass und die dunklen Augenringe schienen auch schwächer zu werden.

Sie sah sich um, eigentlich wollte sie sich gestern Abend noch ein Buch aus dem Bücherregal nehmen, aber dann hatte sie es doch nicht gebraucht, weil sie gleich eingeschlafen war. Mal sehen, was das große Regal zu bieten hat, dachte sie, das könnte ich mir jetzt ansehen, solange Kelly noch schläft. Suchend fuhr sie die Buchreihen entlang und lehnte sich dabei, als sie sich an dem großen Sessel vorbeischlängeln wollte, etwas fester an das Bücherregal. Fast hätte sie aufgeschrien, denn das Regal öffnete sich mit leichtem Knarren in einen kleinen Raum, vermutlich eine Art Labor. Offensichtlich war Mutters Freund Leonhard ein Botaniker oder Biologe und machte auch eigene Zubereitungen. Neugierig trat sie näher an ein kleines Bord mit dunkelgrünen Flaschen, die Kräutertinkturen enthielten. Eine davon zog sie fast magisch an. Auf dem Etikett standen Pflanzennamen wie Ginseng, Ingwer, Maca, Guarana, von denen sie nur einige kannte, aber als Verwendungszweck der Mixtur war festgehalten: 5 Tropfen täglich für mehr Energie.

Das wäre doch genau das, was sie für Kelly brauchte, aber damit sie es akzeptieren würde, müsste es natürlich auch einigermaßen schmecken. Schon als Kind hatte ihre Tochter Bitteres gehasst und immer Süßes vorgezogen. Einen kurzen Moment zögerte Martina noch, aber dann träufelte sie einfach eine Kostprobe auf ihren Handteller und lutschte es ab. Es schmeckte ganz schwach süß. Wenn es jetzt auch noch halten würde, was es auf dem Etikett versprach, dann könnte das die Rettung für Kelly sein. Aber damit es nicht wieder zu endlosen Diskussionen führen würde, müsste sie sich etwas einfallen lassen. Sie lächelte, als sie sofort eine Idee hatte. Da es kaum nach etwas schmeckte, würde sie die Tropfen einfach in das Trinkwasser geben um jedem Widerstand aus dem Weg zu gehen. Sie selbst fühlte sich schon nach diesen wenigen Tropfen unternehmungslustiger, also Zeit für die ersten Kneippschen Anwendungen!

Mit einem fröhlichen „Guten Morgen" zog sie Kelly mit der gleichen Vehemenz wie am Vortag aus dem Bett, um nackt mit ihr quer über die Wiese vor der Hütte zu rennen die vom Morgentau noch glitzerte. Es war angenehmer als sie erwartete hatte, deshalb sprang sie auch im gleichen Tempo mit ihr in den kleinen See. Bei dem Schrei, der dann folgte und von dem der Wald lange widerhallte, ließ sich nicht genau sagen, wer die höchste Tonlage erreichte. Martina war es für den Moment auch völlig egal, ob sie oder Kelly lauter geschrien hatten, weil das Wasser wirklich eiskalt war. Das muss dann der berüchtigte Urschrei sein, von dem Dolores so geschwärmt hat, schoss es ihr durch den Kopf.

Sie beeilte sich, schnell wieder aus dem Wasser zu kommen und Kelly zu folgen, die auf dem Rückweg schon ein ziemliches Tempo vorlegte. „In der Hütte habe ich dicke Socken und Bademäntel, die wir jetzt überziehen müssen und dann noch eine halbe Stunde ins Bett. Erst dann gibt es Frühstück."

Kelly antwortete nicht, stand aber mit ihr zum Frühstück auf und legte sich danach nicht wieder ins Bett. Auch das buchte Martina als einen weiteren Erfolg, als sie sich ans Frühstück machte. Sie hatte ihre Zutaten gut ausgewählt, denn von Dolores wusste sie bereits, dass es keine spezielle Kost gab, die Kellys schwachen Kreislauf etwas anhob und sie aktiver werden ließ. Aber Hirse, Buchweizen und die vielen Beeren, die sie in den Frühstücksschalen verteilte, konnten möglicherweise helfen. Dazu bekam jede einen großen Becher des neuen Trinkwassers mit den Tropfen, welches Martina auch besonders gut schmeckte. Eigentlich komisch, da sie sich aus Wasser noch nie viel gemacht hatte, während ihre Freundin das Haus nie ohne Wasserflasche verließ. Aber jetzt hatte dieses Wasser etwas ganz Besonderes, es prickelte, sobald es in ihren Körper gelangte und sie fühlte sich so als habe sie einen spürbaren Energieschub erhalten. Hoffentlich trat die Wirkung auch bald bei Kelly ein. Für ein richtiges Training würde sie wahrscheinlich noch etwas Zeit und noch viel mehr Überzeugungsarbeit brauchen, um auch nur eine Spur von Motivation bei ihrer Tochter zu wecken. Ein Blick zu ihr bestätigte ihr, sie schaufelte ihr Müsli stumm in sich hinein, schien aber überhaupt nicht daran interessiert zu sein, was als nächstes kam.

Martina versuchte deswegen den nächsten Schritt vom Kur-Plan ihrer Mutter, die *Terrainkur* mit unverfänglichen Bemerkungen zu verpacken. „Die Erdbeeren schmeckten wirklich fruchtig, aber die Himbeeren schienen mir ziemlich wässrig zu sein. Deine Oma hat davon geschwärmt, was es hier im Wald für tolle Himbeersträucher gibt. Wir könnten gleich anschließend einige sammeln und vielleicht am Nachmittag Himbeereis machen. Was meinst du?"

Obwohl Martina wusste, dass das Kellys Lieblingseis war, hätte sie nicht mit dieser schnellen Reaktion gerechnet, nicht mit diesem Lächeln, das sie schon als Kind unwiderstehlich gemacht hatte und nicht mit der Bereitschaft sich sofort mit Jeans und Shirt fertigzumachen. Sollte sie sich jetzt schon freuen oder weiter misstrauisch und wachsam sein? Entgegen ihren Erwartungen verliefen die nächsten drei Tage fast so harmonisch wie früher, als sie noch den Eindruck hatte, sie und ihre Tochter könnten beste Freundinnen für immer sein.

Aber der folgende Morgen machte ihre kühnen Hoffnungen aber wieder zunichte. Zwar war Kelly wieder mit ihr über die taubedeckte Wiese gerannt und todesmutig in den See gesprungen, aber nach dem Frühstück hatte sie sich in ihrem Trainingsanzug auf ihr Bett zurückgezogen und starrte an die Wand.

Martina war enttäuscht und lief frustriert durch das kleine Haus. Jetzt musste ihr irgendetwas einfallen und zwar schnell, sonst wäre alle Mühe umsonst und Kelly würde wieder in ihrer Teilnahmslosigkeit versinken. Als sie in der Garage auf die Maisbirne traf, die von der Decke baumelte, schlug sie aus dem Bauch heraus und voller Wut über ihre Hilflosigkeit heftig zu. Au! Das tat weh! Gab es hier keine Handschuhe? Die Matte unter der Maisbirne wies ja darauf hin, dass dort trainiert wurde und in dem seitlichen Regal fand sie auch die richtigen Handschuhe sogar in einer passenden Größe.

Nachdem sie noch zwei heftige Schläge gelandet hatte, wusste sie wie sie weitermachen könnte. Sie müsste ihre versöhnliche Art völlig ablegen und sich so verhalten wie ihre Mutter, die immer behauptete durch Provokation garantiert mehr zu erreichen. Und auf die Entführung hatte Kelly ja auch reagiert und das sogar ziemlich energisch. Also wieder volles Risiko!

Aber wie genau hatte das Dolores immer gemacht? Martina runzelte die Stirn und versuchte sich an die Zeit zu erinnern, als sie 15 oder 16 war und geglaubt hatte, sie könne sich ihrer Mutter gegenüber behaupten. Meist war das vergebens, denn Dolores blieb völlig ruhig wie ein Fels in der Brandung und feuerte ständig ihre Vorwürfe ab, gegen die sie mit ihrer schwachen Energie nicht ankam. Genauso würde sie jetzt vorgehen. Sie stürmte in den Schlafraum und zog Kelly energisch die Decke weg, in die sie sich eingerollt hatte. „Wir sollten mit einem leichten Sportprogramm beginnen und nicht nur faul herumliegen."

„Das kannst du gerne machen, ich bin krank." Kelly machte sich nicht einmal die Mühe, ihre Mutter anzusehen und das versetzte Martina wirklich in Wut.

„Ach, das war es schon mit deiner Bereitschaft gesund zu werden? Ach ja, ich verstehe, du willst das gar nicht! Du willst das Opfer bleiben und bedauert werden, weil die bösen Kollegen dir Unrecht getan haben."

Jetzt fuhr Kelly auch wütend herum. „Das haben sie doch auch, was hätte ich denn dagegen machen können?"

„Dich ganz einfach wehren? Was denn sonst?"

„Wie denn? Ich bin viel zu schwach." Kellys Antwort klang wie ein Schrei, aber Martina ließ nicht von ihr ab. „Ich zeige dir was du machen kannst. Aber zuerst musst du das wollen."

Als Kelly nur nickte, zog sie sie hoch. „Komm einfach mit!"

In der Garage schob sie ihr die leichten Boxhandschuhe über und verschnürte sie fest. „Und jetzt stell dir vor, das ist die Kollegin, die lange so getan hat als wäre sie deine beste Freundin und die dich dann verraten hat. Sie dachte, mit dir kann sie das machen, du bist so blöd, du nimmst das einfach hin. Stimmt das?"

„Nein! So bin ich nicht." Kelly landete einen heftigen Schlag, der sie fast taumeln ließ und dann noch einen zweiten, den sie fast verbissen setze, während Martina die Maisbirne festhielt und die heftigen Schläge parierte. Bei jeder Person und bei jedem Fakt, mit denen sie ihre Tochter provozierte, wurden die Schläge härter, während Kelly bereits der Schweiß über das Gesicht lief. Als sie schließlich den Namen des Ex-Freundes Elias nannte, schlug ihre Tochter wie bei einem regelrechten Trommelfeuer zu und brach danach weinend zusammen. Martina nahm sie in ihre Arme, brachte sie zu ihrem Bett zurück und setzte sich neben sie bis die Tränen versiegten.

„Sein Verhalten war das Schlimmste, oder?" Sie fragte ganz behutsam und Kelly flüsterte nur. „Er hat gemeinsame Sache mit ihr gemacht, sie sind auch jetzt noch zusammen."

Martina nickte. „So ein Mistkerl! Auch noch doppelter Verrat! Und du willst das jetzt so einfach hinnehmen, wie der heulende Eddie, das Monster aus den Sümpfen des Selbstmitleids?" Sie hätte ihre Tochter am liebsten geschüttelt. Aber die schien sich bei dem Hinweis auf den heulenden Eddie, den sie aus den Gute-Nacht-Geschichten ihrer Kindheit kannte, zu besinnen. Sie sah nachdenklich auf, schien dann entschlossener und lächelte sogar.

„Nein, auf keinen Fall. Ich hole mir mein Leben zurück und dann räche ich mich an allen.“

„Und wie willst du das anfangen? Nein warte, ehe du mir Einzelheiten nennst, hole ich uns noch etwas von diesem tollen Wasser.“ Bevor sie Kelly das Glas mit den Tropfen reichte, hatte sie ihres schon halb ausgetrunken.

„Das Wasser ist wirklich gut“, bestätigte auch Kelly nach wenigen Augenblicken. „Ich fühle mich als wäre ich an eine Batterie angeschlossen und bekäme frische Energie.“

„Die wirst du auch brauchen“, lächelte Martina und zog einen Schreibblock von dem kleinen Nachttisch heran. „Also wie willst du vorgehen? Ich notiere gleich mit, damit wir nichts vergessen.“ Jetzt richtete sich Kelly energisch auf und setzte sich Martina im Schneidersitz gegenüber.

„Gegen die Kündigung hat meine Freundin Nina, die Anwältin ist, schon geklagt. Sie haben sie ganz schnell zurückgenommen, aber ich war bisher noch nicht so weit, wieder dorthin zu gehen. Ich hatte einfach keine Kraft mehr und es erschien mir alles so sinnlos. Aber jetzt hätte ich schon Lust wieder anzutreten.“

„Du willst wirklich zu diesen Leuten zurück, die dich so ungerecht behandelt haben?“ Martina konnte es nicht fassen, aber Kelly grinste nur. „Natürlich nicht, aber ich lege keinen Wert auf den Makel einer Kündigung durch meine Chefin. Wenn ich wieder gesund bin kann ich selbst kündigen.“

„Und dann?“

„Dann gehe ich zur Konkurrenz, die haben schon öfter versucht mich abzuwerben und jetzt bin ich dazu bereit. Und natürlich nehme ich auch meine gesamten Kontakte mit, denn bei allem Vertrauen, was ich dieser Schlange geschenkt habe, diese Informationen sind immer noch geheim. Und damit räche ich mich am wirksamsten, sowohl an der Firma als auch an ihr."

Martina nickte. „Wenn ich an Elias denke wundert es mich nicht, dass immer Männer als Vogelscheuchen aufgestellt werden, der Typ ist wirklich abschreckend. Und da willst du gar nichts machen?"

Kelly zuckte mit den Schultern, dann grinste sie. „Das habe ich schon vor seinem Auszug erledigt. Ich habe seinen Laptop ein wenig kreativ umprogrammiert. Bei der ersten Information an die Chefin hat er dann ein sehr freizügiges Foto von sich mitgeschickt, damit dürfte er den guten Stand bei ihr erstmal eingebüßt haben."

Martina lachte herzhaft und lehnte sich zufrieden zurück. „Gute Idee! So was wäre mir bestimmt nicht eingefallen. Und für alles andere hast du dir bereits eine Menge Gedanken gemacht, dafür wirst du aber noch sehr viel Kraft und Energie brauchen."

„Und dafür bin ich doch jetzt schon so oft ins eiskalte Wasser gesprungen, dass mich die Leute dort nicht mehr schrecken. Und wir machen Omas Kur weiter oder willst du sie abbrechen?"

„Auf keinen Fall", lachte Martina, „aber mach dich noch auf einige Anstrengungen gefasst. Dolores hätte mit ihrem Plan sogar unsere

Fußball-Nationalmannschaft fit für den Sieg gemacht."

„Das schaffe ich schon. Danke Mam, dass du mich nicht aufgegeben hast." Wie früher legte sie die Arme um sie und Martina war einfach nur glücklich.

Nach dieser versöhnlichen Umarmung lief die Kur fast von selbst. Kelly wurde mit jedem Tag kräftiger und trainierte schon mit einer Verbissenheit, die Martina schwer beeindruckte. Natürlich überlegte sie auch besorgt, ob sich Kelly zu viel abverlangte, aber das ließ mit jedem Tag nach, an dem sie selbst Mühe hatte, ihrer Tochter beim Laufen noch zu folgen. War das wirklich noch die Wirkung dieser Tropfen oder passierte hier etwas ganz Anderes?

Nach drei Wochen mit intensivem Training, prickelndem Wasser, wohltuender Entspannung und langen Gesprächen, entschieden sie gemeinsam, die Kur zu beenden und in ihr Leben zurückzukehren. Martina fühlte sich nicht nur erholt, sie war richtig glücklich und schwärmte nach der Rückkehr ihrer Mutter am Telefon von den erreichten Ergebnissen vor. Die hörte sich das in aller Ruhe gelassen an und freute sich als Martina betonte: „Das war wirklich eine tolle Idee von dir".

Bescheiden lächelnd wehrte sie in ihrer üblichen Art ab. „Ich weiß, ich bin schließlich das Genie von uns beiden und ich war mir hundertprozentig sicher, dass es funktionieren würde. Schon das Wasser ist etwas ganz Besonderes."

„Und natürlich auch die Tropfen, die ich hineingetan habe, dafür würde ich mich gerne bei deinem Freund Leonhard revanchieren. Was ist das überhaupt für ein Typ?"

„Das weiß ich nicht so genau, er macht vieles, hat Biologie oder Botanik studiert und hat Ahnung von Pflanzenheilkunde auf der ganzen Welt. Er hat mir schon öfter bei schwierigen Fällen geholfen, ich ihm natürlich auch."

„Meinst du damit, dass er mehr ist als ein hilfreicher Freund?" Martina kam sich bei dieser Frage etwas sonderbar vor, aber Dolores lachte nur. „Leonhard ist ein sehr attraktiver Mann und ich hätte nichts dagegen im nächsten Winter meine Heizdecke mit ihn zu teilen, aber er ist nicht da. Er reist durch einige asiatische Länder, um neue Heilpflanzen zu finden. Und in dieser Zeit gehört die Hütte mir und ich freue mich schon auf meine nächste Kur. Ihr könnt mich gerne begleiten."

„Aber nur, wenn ich noch einmal in das geheime Labor darf, da gibt es bestimmt noch andere nützliche Mixturen."

„Welches geheime Labor? Soweit ich weiß ist dort jeder Meter gut verplant, aber ein Labor gibt es dort nicht."

„Aber". setzte Martina völlig überrascht an, entschied sich dann aber um und verabschiedete sich von ihrer Mutter. Ob es dieses Labor nun gab oder nicht, war schließlich unwichtig. Kelly hatte die Kur sehr geholfen und sie stärker gemacht, so dass sie inzwischen schon in der neuen Firma arbeitete. Und sie selbst hatte auch einiges dazu gelernt und sich entgegen ihrer üblichen vorsichtigen

Art, doch zu einigen Risiken hinreißen lassen. Und genau das begann ihr zu gefallen. Martina lächelte, als sie über den Auftrag einer Bekannten nachdachte, den sie bisher immer abgelehnt hatte. Vielleicht sollte sie doch auch mehr wagen und die etwas kompliziert gestalteten Einbaumöbel für die kleine Pension jetzt übernehmen. Wieso eigentlich nicht? Ohne Risiko keinen Spaß, wie ihre Freundin immer gerne betonte und daran könnte sie sich gewöhnen.

In fünf Jahren

„Und du willst das wirklich wagen? Was ist, wenn du enttäuschst wirst, weil es den Mann gar nicht gibt? Oder wenn er sogar gefährlich wäre?"

Violetta lachte nur über die Fragen ihrer Freundin Sandra und schüttelte den Kopf. „Jetzt kriegst du kalte Füße, aber wer hat mich denn in all der Zeit beschworen, diese wirklich einmalige Chance zu nutzen, um herauszufinden, was vor fünf Jahren wirklich geschah."

„Ich meine es ja nur gut mit dir und will verhindern, dass du enttäuschst wirst oder sogar Angst haben musst."

„Mir ist klar, dass das Ganze ein völlig irres Vorhaben ist, aber jetzt bin ich bereit, etwas wagen, bei dem ich nicht alles vorher bedacht habe. Mein sicheres, gut geplantes Leben hat sich schließlich auch in Luft aufgelöst und außerdem habe ich doch nichts zu verlieren. Wenn es diesen Mann nicht gibt, bleibt mir eine schöne Erinnerung an eine unvergessliche Nacht, aber wenn er wirklich auftaucht und ich würde ihn verpassen, das könnte ich mir niemals verzeihen. Und falls es gefährlich werden sollte, kann ich immer noch verschwinden."

So ruhig wie sie tat fühlte sie sich nicht wirklich, während sie äußerlich gelassen ihre Sachen in den kleinen blauen Koffer packte, den sie auch vor fünf Jahren benutzt hatte.

Damals als ihr Leben, das bisher ruhig und fast behäbig dahinplätscherte, eine unvermutet scharfe Wendung nahm. Ihr 50. Geburtstag stand bevor und sollte etwas Besonderes werden, schließlich beendete er die erste Hälfte ihres Lebens und die zweite sollte mit etwas Glück noch besser werden. Deshalb wollte sie keinesfalls, wie bei anderen Geburtstagen generell diejenige sein, die vorher und auch am Tag selbst hauptsächlich in der Küche stand und alles vorbereitete. Das war schon so, als ihre Mädchen noch ihre Kindergeburtstage in der Wohnung akzeptierten und später auch. Violetta seufzte, wahrscheinlich war sie damals nicht anders als viele Mütter die lediglich wollten, dass ihre Kinder eine behütete und schöne Kindheit erlebten und dann bemerken mussten, dass sie damit auch Egoistinnen großzogen, die kaum bereit waren selbst etwas zu tun, außer Forderungen und Wünsche zu äußern.

Natürlich wusste Violetta, dass ihnen irgendwann klarwerden würde, dass sich Essen nicht alleine kocht und Geld nicht auf Bäumen wächst, aber noch scheute sie die endlosen Auseinandersetzungen mit den selbstbewussten Teenagern, die eigentlich keine mehr waren, aber noch das „Hotel Mama" vorzogen.

Mit einer Geburtstagsfeier in einem Ferienhotel am Meer würde sie allen Problemen aus dem Weg gehen können. Deshalb übersah sie großzügig die horrende Summe, die das exklusive Essen und die Teilnahme am berühmten Bernstein-Ball kosten würde. Schließlich verdiente sie als Leiterin einer großen Drogerie ausreichend, um sich auch Extras leisten zu können.

Die Feier damals startete schon unter keinem guten Stern, weil sich Violetta eigentlich eine Reise nach Cornwall gewünscht hatte, aber durch die Brexit-Verhandlungen und die damit verbundenen Reiseerschwernisse, blieb ihr nur die Möglichkeit sich um zuentscheiden. Wenn sich die Lage geklärt hätte, würde sie das mit ihrem Mann nachholen, bis dahin blieb sie eben bei der heimischen Ostsee. Sie war mit ihrem Mann schon einen Tag früher in das kleine Seebad gereist und nutzte tagsüber das Spa des Hotels, um sich eine ausgiebige Schönheitskur zu gönnen und vom Frisör auch ihrem silberblonden Bob einen seidigen Schwung zu verpassen. Als ihre Teenie-Töchter am späten Nachmittag endlich anreisten, war sie schon fast fertig für den langen Abend, denn die Feier sollte bis in ihren Jubiläumsgeburtstag hinein andauern.

Während sie im Bad ihre letzten Vorbereitungen traf, hing ihr Mann bereits im Smoking im Sessel vor dem Fernseher und verfolgte nebenbei die Aktienkurse auf seinem Handy. Violetta nahm voller Sorge wahr, dass er jetzt schon dabei war, die Mini-Bar restlos zu leeren. Er trank in letzter Zeit häufig und auch mehr als früher, ob es mit den Aktienkursen oder mit der ungewissen internationalen Lage zusammenhing, wusste sie nicht.

Nach einem Moment der Sorge um ihre Zukunft schüttelte sie lächelnd den Kopf, Mario war Architekt und Häuser und Wohnungen wurden doch immer gebraucht, außerdem war ihr Arbeitsplatz sicher genug für beide. Sie wandte sich wieder dem Spiegel zu und begann mit einem weichen Kajal-Stift ihre Augen vorsichtig zu betonen, bis sie so geheimnisvoll blau leuchteten, wie ihr Seidenkleid mit den kostbaren Perlenstickereien am Dekolleté. Sie freute sich über den weichen Schimmer auf ihrer Haut, der sie viel jünger aussehen ließ und lächelte sich im Spiegel zu.

Gar nicht schlecht für die ersten 50 Prozent ihres Lebens! Die zweiten könnten vielleicht noch etwas mehr Anregung oder Aufregung bringen, etwas, das sie nicht auf die Wechseljahre oder Großmutter in Vorbereitung reduzierte, ein kleines, vielversprechendes Abenteuer vielleicht?

Solche Gedanken hatte sie manchmal, wenn es in ihrer Ehe mal wieder kriselte oder sie sich allein zuhause langweilte. Mario war oft und auch sehr lange unterwegs und nur Bücher und Fernsehen genügten ihr längst nicht mehr. Wenn sie mit Sandra mal ein Glas Wein in der kleinen italienischen Bar trank, versuchte ihre Freundin oft, ihr ein wenig Abwechslung vom Eheleben schmackhaft zu machen. Sie kannte sich gut aus, denn sie organisierte beruflich kleine exklusive Veranstaltungen und hatte Violetta schon oft eingeladen, um ihr attraktive Künstler oder Publizisten vorzustellen. Aber Sandra hatte gut reden, sie war seit einem Jahr geschieden und niemandem mehr verpflichtet, aber Violetta nahm ihr Eheversprechen, *in guten wie in schlechten Zeiten* sehr ernst.

„Und bist du sicher, dass dein Mario das auch so sieht?"

Sandras Frage war irgendwie in ihrem Hinterkopf hängen geblieben. Natürlich konnte sie da nicht sicher sein, aber sie hoffte es und wollte auch nicht so weit gehen, seine Taschen zu kontrollieren oder ihm nachzuschnüffeln. Sie hatte Mitleid mit Frauen, die so handelten, aber noch hoffte sie, das nicht nötig zu haben. Oder war sie zu vertrauensselig? Sie schüttelte unmutig den Kopf und straffte sich, weil sie darüber gar nicht nachdenken wollte, vor allem nicht heute. Heute war ihr Abend und alles würde so sein, wie sie es sich gewünscht hatte. Und der Bernstein-Ball war ihr Highlight!

Deshalb ließ schon die Vorfreude darauf ihre Laune wieder steigen, die auch die neuen silbernen High-Heels nicht mindern konnten, obwohl sie entsetzlich drückten.

Das Hotel hatte sich diesen Höhepunkt *Bernsteinball* sicher einiges kosten lassen, denn als Violetta mit strahlendem Lächeln am Arm ihres Mannes fast in den Ballsaal schwebte, war sie sehr angenehm überrascht. Der riesige Raum war äußerst effektvoll in allen Farben des Meeres gestaltet, vom sanften Hellblau eines Sommermorgens bis zum tiefen Blau einer Sternennacht, die sich im Wasser spiegelte. Dazu kamen noch sehr geschmackvolle und dezente Bernstein-Imitationen, mit denen der Saal dekoriert war.

So wie sie schienen sich viele Gäste auf das Ereignis zu freuen, denn der Saal war bereits gut gefüllt. Noch wurde an den Tischen geflüstert, aber bald schon würde das Orchester seinen Platz auf der vorbereiteten Bühne einnehmen und dann auch einige bekannte Stars auftreten.

Unter den Gästen sah sie ebenfalls einige Promis, offensichtlich war diese Veranstaltung doch ziemlich bekannt. Das schien auch ihre anspruchsvollen Töchter zufrieden zu stellen, denn sie machten schon eifrig Fotos und Selfies für Seiten im Internet von denen ihre Mutter keine Ahnung hatte.

Das Essen und der Service des Hotels waren exzellent, daran erinnerte sich Violetta später sehr genau, aber der Rest des Abends war eine Katastrophe. Noch vor dem Dessert erhielt ihr Mann eine Textnachricht, nach der er ohne ausreichende Erklärung einfach verschwand.

Nach einiger Zeit und einigen Fragen ihrer Töchter folgte Violetta ihm besorgt, fand ihn aber erst nach langem Suchen an der Hotel-Bar mit einem Whiskyglas in der Hand. Ein zweites Glas stand bereits geleert vor ihm. Am liebsten hätte sie ihn wütend zur Rede gestellt, nahm sich aber zusammen, um den Abend nicht zu verderben. „Ist etwas Schlimmes passiert?"

Mario drehte sich um und sah sie so erschrocken an, dass ihr klar wurde mit ihr hatte er bestimmt nicht gerechnet.

„Nein, nein", antwortete er fahrig. „Aber ich kann nicht bleiben, ich muss zurück. Ich habe schon ein Taxi bestellt, aber die brauchen hier eine Stunde bis jemand fahren kann."

„Und wieso musst du zurück und ausgerechnet heute an meinem Geburtstag?" Violetta hoffte, dass ihre Stimme noch ruhig klang, denn am liebsten hätte sie jetzt geheult oder geschrien, so enttäuscht war sie. Alles war so wunderbar geplant und wie immer kam irgendetwas dazwischen und wie immer waren andere wichtiger als sie.

„Es tut mir ja auch leid, aber es gibt Probleme beim Bau der neuen Schule, das Dach ist eingestürzt und die brauchen mich sofort."

„Soll ich schnell deine Sachen packen?", bot sie schon etwas niedergeschlagen an, aber er winkte nur ab.

„Das habe ich schon gemacht. Lass dich nicht stören, geh wieder rein, die Mädchen wären sonst enttäuscht. Sobald die Lage klar ist melde ich mich."

Als der Ball begann und ihre Töchter schon wieder auf der Suche waren, um Selfies mit Prominenten zu schießen, überlegte Violetta unschlüssig, was sie mit diesem missglückten Abend anfangen sollte. Fast ein Jahr lang hatte sie alles sorgfältig geplant, das tolle Essen, eine berauschende Ballnacht und jetzt das!

Am liebsten hätte sie sich gleich zurückgezogen, denn so schön der Ball auch war, was sollte sie allein hier?

Plötzlich läutete das Handy in ihrer Abendtasche. Sie war völlig überrascht, als sich Ferdy, Marios Kollege, meldete. „Liebste Violetta, ich bin untröstlich dich heute stören zu müssen. Ich weiß du hast deine große Feier, aber ich brauche eine Auskunft von Mario und erreiche ihn nicht."

„Aber er ist doch schon auf dem Weg zurück wegen der Probleme an der Schule."

„Von Problemen an der Schule weiß ich nichts, aber uns steht die Steuerprüfung ins Haus und er hat einige Akten mitgenommen, die ich brauche."

Violetta verzog unmutig die Stirn. „Wir sind doch gestern schon abgereist und ich hatte ihm alles Mögliche angedroht, falls er vorher noch irgendwelche Akten mitbringt. Also sind sie ganz sicher nicht bei uns zuhause."

Ferdy lachte nur. „Ja klar, Fünfzig wird man nur einmal. Wahrscheinlich hat er die Unterlagen dann bei Shelly deponiert. Da hat er ja auch schon öfter übernachtet. Also ich finde es wirklich toll, wie ihr das mit der offenen Ehe handhabt. Für mich wäre das nichts."

„Dann wirst du ihn sicher auch bei Shelly antreffen, wenn er angekommen ist." Violetta drückte das Gespräch weg, um tief Luft zu holen und sich etwas zu beruhigen. Offene Ehe? Hier lief etwas gewaltig schief!

Seit wann war ihre Ehe so offen, dass es bei Marios Kollegen bekannt war, sie aber davon weder etwas ahnte noch Genaueres wusste? Dass er sie wirklich betrügen würde, wie Sandra schon früher angedeutet hatte, machte ihr in dem Moment weder Angst noch Sorge, alles was sie jetzt verspürte war eher eine gesunde Wut. Wie konnte er ihr so etwas antun? Das hatte sie doch keinesfalls verdient, sie hatte ihren Eheschwur immer ernst genommen und alles für eine glückliche Familie getan, um dann am Vorabend ihres

50. Geburtstages wieder einmal allein gelassen zu werden, abgestellt wie ein altes Möbelstück.

Am liebsten hätte sie jetzt geweint, aber genau das würde sie nicht tun. Sie atmete noch einmal tief ein, hob das Kinn etwas an und mobilisierte ihren letzten Rest von Stolz. Dann würde sie eben allein auf ihre zweite Lebenshälfte anstoßen, genau!

Sie erhob sich, um zur Hotelbar oder in ihr Zimmer zu gehen, als sich ein Mann näherte und lächelnd rief: „Ich hatte so gehofft, dass Sie mir diesen Tanz noch schenken, ehe sie wie Aschenputtel in der Nacht verschwinden und nur ihren Schuh zurücklassen."

Violetta musste unwillkürlich lächeln, so etwas Nettes hatte sie schon lange nicht mehr gehört. Und der Mann, der sie aufforderte war auch sehenswert. Er war schlank, hochgewachsen, etwas größer als Mario, der Verräter, hatte ein markantes Gesicht und wunderschöne warme Augen, die grün und braun schimmerten. Schon sein interessierter Blick brachte die Luft zwischen ihnen zum Knistern, etwas das sie auch schon sehr lange nicht mehr gespürt hatte. Als er dann den Arm für den nächsten Tanz um sie legte und sie näher zog, fühlte sie sich sofort wohl und eigenartig geborgen.

Sie blendete alle Rachegedanken an ihren zukünftigen Ex aus und genoss diesen Tanz in vollen Zügen. Es war angenehm mit jemanden zu tanzen, der sie unmerklich aber sicher führte, sich der Musik hingab und einfach schweigen konnte. Fast fühlte sie sich wirklich wie Aschenputtel, als der schweigsame Fremde sie am Ende des

Tanzes mit einem Handkuss verabschiedete.

Zurück in ihrem Hotelzimmer verflogen die angenehmen Gefühle leider sofort wieder und sie ließ sich niedergeschlagen auf ihr Bett sinken. Was sollte sie jetzt tun? Sollte sie sich erst Gewissheit verschaffen, ob Mario sie wirklich betrog? Aber wenn sogar seine Arbeitskollegen davon wussten, was galt es jetzt noch herausfinden? Es gab keine Geheimnisse mehr aufzudecken, denn, wenn man allgemein von einer offenen Ehe redete, dann hatte es bestimmt nicht nur diese Shelly gegeben, sondern diverse andere Frauen auch. Und das war etwas, wofür es nur eine Konsequenz geben konnte, die Scheidung. Das Leben, das jetzt vor ihr lag, musste ein Leben ohne Mario sein. Sobald sie zurück wäre, würde sie sofort zu einer Anwältin gehen.

Als sie sich den harten Schnitt vorstellte, zögerte sie doch noch einen Moment, schließlich hatten sie auch schöne Zeiten erlebt. Aber wollte oder könnte sie sich in einer Dreierbeziehung arrangieren? Dafür müsste sie weiter nur die Ahnungslose spielen, dann brauchten sie das Haus nicht aufzugeben, für die Mädchen würde sich kaum etwas ändern. Aber das wäre lediglich eine bequeme Lösung für die anderen, nicht für sie. Denn jetzt wusste sie Bescheid und wollte sie mit diesem Wissen leben? Nein, auf keinen Fall!

Sie würde klare Verhältnisse schaffen und einen Schnitt ziehen und das sofort. So wie sie immer ihre Probleme löste, unbeirrt und mit voller Kraft voraus! Sie lächelte, dieser Spruch erinnerte sie an ihren Großvater, der auch so gelebt hatte und sich nicht verbiegen ließ. Und danach würde sie sich erst ein bisschen im Selbstmitleid suhlen, wie Sandra es immer nannte, und dann ein neues Leben aufbauen und ihren eigenen Weg gehen.

Auf diese Entscheidung und das neue Leben danach würde sie jetzt mit sich selbst anstoßen. Nachdem sie die kleine Flasche Sekt geleert hatte, die ihr das Hotel neben Pralinen als kleinen Geburtstagsgruß zugedacht hatte, legte sich Violetta nach einer angenehm duftenden Dusche schlafen, nichtsahnend, dass sie in dieser Nacht den schönsten, eigenartigsten, aufregendsten und wunderbarsten Traum haben würde.

Sandra, die sie am nächsten Tag vom Bahnhof abholte, um mit ihr in der kleinen italienischen Bar auf den Geburtstag anzustoßen, empörte sich sehr, als sie von Marios Ehebruch hörte. „Männer sind doch echt das Letzte, vermutlich erreichen sie nicht einmal die emotionale Intelligenz einer Pflanze. Meiner war schon schlimm, aber was sich Mario da geleistet hat, toppt das noch gewaltig. Er versaut dir deinen Geburtstag und geht auch noch fremd?"

Violetta nickte nur. „Und das vermutlich nicht zum ersten Mal, da wir ja wie seine Kollegen wissen, eine offene Ehe führen."

Sandra konnte sich gar nicht beruhigen. „Bisher war ich immer der Meinung, dass Männer nicht multitaskingfähig wären, aber sie können offensichtlich ohne Schwierigkeiten mehrere Probleme gleichzeitig verursachen. Doch du scheinst das einigermaßen gut wegzustecken, als ob du mit den Gedanken noch ganz woanders wärst. Ist noch irgendetwas passiert, von dem du mir nichts erzählt hast?"

Violetta lächelte nur, ihrer Freundin konnte sie einfach nichts vormachen. „Es gab da etwas, das ist völlig verrückt, aber es hilft mir über die Sache mit Mario weg. Allerdings ist es so unglaublich, dass ich selbst nicht weiß, was ich davon halten soll."

„Mach es doch nicht so geheimnisvoll, ich hoffe, dass es mit einem Mann zu tun hat, oder?"

Violetta nickte mit leuchtenden Augen. „Wahrscheinlich wird mir das niemand glauben, aber ich habe die Nacht meines Lebens verbracht, mit einem Mann, den ich nicht kenne und zu einem Zeitpunkt, der erst in fünf Jahren sein wird."

Sandra musterte sie lange und gründlich, dann winkte sie dem Ober und bestellte Grappa für sie beide. „Jetzt brauche ich etwas Stärkeres und dann will ich jede Kleinigkeit hören, lass bloß nichts aus und fang mit dem Anfang an."

„Nachdem ich mich zur Scheidung entschieden hatte, habe ich noch die kleine Flasche Sekt aus meinem Geburtstagspräsent getrunken, dann bin ich schlafen gegangen. Irgendwann wachte ich auf, weil ich zur Toilette musste. Ich habe kein Licht gemacht, in Hotels ist es ja nie ganz dunkel. Aber schon als ich mich aufsetzte, glaubte ich im falschen Zimmer zu sein, denn am Schrank hing

nicht mein hellblaues Kleid, das ich für diesen Bernstein-Ball gekauft habe, sondern ein ganz anderes. Aber das Verrückteste ist:
Neben mir lag ein Mann, der nicht mein Mann ist. Natürlich konnte
er das auch nicht sein, Mario war bereits abgefahren.

Erst dachte ich noch, dass ich träumen würde, aber dann ging ich
ins Bad und der Irrsinn ging weiter. Als ich meine Hände wusch,
fiel mein Blick auf die große Uhr am Spiegelschrank, ich bin fast
erstarrt. Es war nicht die Uhrzeit, die mich total irritiert hat, denn
dort stand auch das Datum 21.09.2024."

„Das kann doch nicht sein", wurde sie von Sandra unterbrochen.
„Das wäre erst in fünf Jahren!"

„Genau das dachte ich auch oder bin ich vielleicht in einem Paral-
leluniversum gelandet? Und wie komme ich wieder dorthin, wo ich
hingehöre? Dann dachte ich, vielleicht ist ja diese Uhr einfach kaputt und meine ganze Aufregung umsonst? Als ich leise aus dem
Bad schlich, sah ich mein Handy neben meiner Abendtasche auf
der Ablage. Du wirst es nicht glauben, aber auch da stand das gleiche Datum. Sonderbarerweise hat mir das alles aber keine Angst
gemacht. Wahrscheinlich ist das nur ein Traum, habe ich mir einge-
redet, um mich zu beruhigen und wenn ich eingeschlafen bin ist
alles wieder in Ordnung. Also bin ich so leise wie möglich und
ganz vorsichtig zurück ins Bett, aber dann wachte der Mann auf."

„Und kanntest du ihn, wie kam er in dein Zimmer?" Sandra, die
fast an ihren Lippen hing, hatte sich gespannt vorgebeugt. „Was

passierte dann? Lass dir doch nicht alles aus der Nase ziehen." Violetta nahm einen Schluck von ihrem Wein und sah verlegen zu Boden. „Es war eine eigenartige Situation. Obwohl ich vor Angst fast vergangen bin, hatte ich das sichere Gefühl, dass mir nichts passieren wird, denn ich kannte den Mann. Ich habe während des Balls mit ihm getanzt und ich erinnerte mich an seine sanften dunklen Augen, hatte aber nicht die geringste Ahnung, wie er in mein Bett kam. „*Alles okay*", fragt er und ich nickte nur, weil mein Hals fast ausgetrocknet war und ich nicht sprechen konnte. „*Es war ein sehr schöner Abend*", raunte er mir zu und begann mich in seine Arme zu ziehen. „*Und er ist noch nicht vorbei.*" Er drückte liebevoll meine Schulter und schob sich näher. Es war ein sonderbares Gefühl, seine Hand immer noch an meiner Haut zu spüren, obwohl sie inzwischen schon weitergewandert war. Mir liefen wohlige Schauer über den ganzen Körper, du weißt, wie ich auf so etwas stehe, auch wenn ich immer noch ziemlich viel Angst hatte. Vor allem weil da auch in mir etwas sehr Seltsames vor sich ging, eigentlich wollte ich ihn zurückstoßen oder fliehen, aber da war auch diese geheimnisvolle Anziehungskraft, die mich verharren ließ. Als ob er meinen winzigen Widerstand spüren würde, schob er sich näher bis seine Haut auf meiner war. Seine Augen schienen im Dunkeln zu glühen und obwohl ich nicht die leiseste Ahnung hatte, warum es gerade dieser Mann sein musste, wusste ich, dass in unserem Bett gleich jede Menge los sein würde."

„Hör jetzt bloß nicht auf zu erzählen, hab Mitleid mit einer Frau, die seit einem Jahr auf der sexuellen Ersatzbank sitzt." Sandra füllte Violettas Glas und sah sie begierig an.

Die strich ihre blonden Haare aus dem Gesicht und setzte fast flüsternd fort. „Jede seiner Berührungen löste eine unglaubliche Resonanz in meinem Körper aus, wie ein Beben, das meinen gesamten Körper durchrollte und endlos anhielt. Wenn es ein Erdbeben gewesen wäre dann bestimmt eine 7 auf der Richter-Skala." Violetta trank noch einen Schluck aus ihrem Weinglas.

„Normalerweise bin ich nicht so, aber an diesem Abend geriet die Welt, wie ich sie kannte total ins Wanken. Er zog mich auf seine Seite und ich folgte ihm bereitwillig, als er mich küsste. Ich glaube, ich bin regelrecht dahingeschmolzen. So etwas habe ich bisher noch nie erlebt, weder mit Mario noch mit den Männern, die ich vor ihm kannte. Diese Nacht war etwas völlig anderes als alle anderen vorher, sie war einmalig!"

„Also wenn das ein Traum war, dann hätte ich auch gerne so einen", stöhnte Sandra ein wenig neidisch. „Und was war am Morgen? Konntest du es aufklären? Und wirst du ihn wiedersehen?"

„Wie denn?" Violetta schüttelte bekümmert den Kopf. „Da treffe den Kerl, der mich küsst und berührt, als würden wir uns ewig kennen und der einem das Gefühl gibt, wir hätten noch genauso viel Zeit vor uns. Aber am nächsten Morgen war ich allein. Dennoch glaube ich, dass es mehr war als ein Traum, denn ich fühlte mich genauso, wie man sich danach fühlen sollte, so entspannt, so berührt, einfach glücklich. Aber leider liegt das Ganze erst in der Zukunft liegt und niemand weiß, ob es jemals wirklich passiert. Aber es war auf jeden Fall die heißeste Nacht in meinem ganzen Leben."

„Das kannst du doch so nicht einfach stehen lassen, du hast doch das genaue Datum und du weißt wo es stattfinden wird."

„Vielleicht war es auch nur ein schönes Märchen", winkte Violetta ab, aber die Erinnerung daran ließ sich nicht so einfach wegwischen.

Und daran hatte sich auch in der Zeit danach wenig geändert. Violetta bedauerte die Nacht nicht, das Erlebte gab ihr eher Hoffnung und half ihr auch in der Zeit der Scheidung als sie erkennen musste, dass ihre Ehe kaum mehr als eine bequeme Versorgungseinrichtung für ihren Exmann war. Und dass er sie ausgerechnet am Abend ihres Geburtstages verlassen hatte, weil bei einer seiner Geliebten die Wehen eingesetzt hatten, ließ sie auch die schönen Seiten ihrer Ehe wesentlich kritischer betrachten. Inzwischen war das Haus verkauft und sie hatte sich in einer kleinen gemütlichen Dachwohnung in der Nähe ihrer Freundin eingerichtet.

Durch Sandras unermüdlichen Einsatz hatte sie auch andere Männer kennengelernt, aber bei keinem fühlte sie auch nur den geringsten Funken von Interesse, von Leidenschaft gar nicht zu reden. Sie akzeptierte das und wusste, dass sie alle zukünftigen Bekanntschaften an dieser einen bewussten Nacht messen würde. Die Männer

steckten ihre Enttäuschung nicht so leicht weg und verschwanden
oft beleidigt. Nur Gert, der in der IT-Branche arbeitete und ein lustiger Typ war, blieb ihr als guter Freund erhalten und ihm hatte sie
irgendwann auch von dieser einzigartigen Nacht erzählt. Er verstand sie gut und bestärkte sie. „So eine Gelegenheit bekommt man
nur einmal im Leben und die musst du unbedingt wahrnehmen."
Violetta winkte nur ab, sie litt nicht darunter alleine zu leben, sondern fand nach einiger Zeit auch Gefallen daran. Sie unternahm
viel gemeinsam mit Sandra oder mit Gert und war eigentlich rund-
herum wieder glücklich. Ihr ging es gut und ein passender Partner
könnte doch nur das zusätzliche Sahnehäubchen sein, wenn er…,
ja, wenn er so wäre, wie ihr unbekannter Liebhaber für eine Nacht.
Irgendwann wurde ihr klar, wenn sie dieses Glück wirklich für sich
wollte, müsste sie auch das Risiko eingehen und austesten, was
wäre wenn?
Wenn sie die bewusste Nacht mit dem fernen Datum wirklich im
gleichen Hotel verbringen würde, dann wüsste sie mehr.
Gert hatte sie mit dieser Idee regelrecht infiziert. „Du hast ein
Recht darauf, zu wissen, was damals wirklich passiert ist. Vielleicht hat dir das Universum mit diesem Traum zeigen wollen, dass
das Leben weitergeht und sogar viel schöner werden kann. Ich habe
mir die Gästeliste von damals angesehen, schließlich war der Mann
nicht nur in deinem Bett, sondern auch auf dem Ball. Ich habe fünf
Männer gefunden, die allein da waren, einer davon muss es sein."

Von da an begann die Idee immer realistischer zu werden.

Als das bewusste Jahr anbrach stieß sie an Silvester mit ihren
Freunden Sandra und Gert auf den Erfolg an, an dem sie nur noch
manchmal zweifelte. Sie bereitete sich jetzt regelrecht vor, ihren
Prinzen zu treffen und den besten Eindruck zu machen. Während
sie sonst über Sandras Aufforderung mit ihr öfter morgens auf der
Strecke am Park zu laufen stöhnte, begann sie in dem entscheidenden Jahr schon im Frühling mit einem täglichen Training, das sie
nicht nur um einige Kilos erleichterte, sondern auch ausgeglichener
machte.

Schon wenn sie morgens in den Spiegel schaute, stellte sie sich vor,
diesen ganz besonderen Tag erreicht zu haben.

„Wenn man deine Vorfreude in Flaschen abfüllen könnte“, lachte
Sandra oft, „könnten wir Millionen verdienen. Und ich brauchte ein
Abo dafür. Ich hoffe wirklich, dass es dieser Typ wert ist, was du
alles machst. Hast du schon dein neues Kleid für den Ball?“

Violetta schüttelte enttäuscht den Kopf. „Ich habe alle Boutiquen
unserer Stadt durch, da ist nichts, was nur annähernd diesen Silber-
blauton trifft. Aber ich habe den Stoff entdeckt, allerdings brauche
ich jemanden, der so geschickt ist, daraus das Kleid zu zaubern.“

Während Violetta auf der Suche nach einer Schneiderin war, die ihr
nach Skizzen das Kleid nähen würde, das in ihrem Traum am
Schrank hing, gelang es Gert im Hotel genau das gleiche Zimmer
für sie zu buchen. Alles sollte so sein, wie Violetta es in Erinnerung

hatte. Bei der Karte für den Ball war er nicht so erfolgreich, vertraute aber dem Schicksal, als ihm die Hotelangestellte im Vertrauen erzählte, für die Dame aus dem reservierten Zimmer wäre eine Karte für den Ball hinterlegt und würde dann mit Blumen auf das Zimmer gebracht. Gert konnte es sich nicht verkneifen, ihr noch einen Tipp zu den Lieblingsblumen seiner Freundin zu geben und Violetta dann lächelnd zu berichten, sie würde bestimmt schon erwartet.

Und dann war es soweit. Noch beim Kofferpacken schwirrte Sandra aufgeregt und besorgt um sie herum, brachte sie zum Bahnhof und verabschiedete sie mit zahlreichen Umarmungen.

War es Vorfreude oder war es Aufregung? Für Violetta begann ihr großes Abenteuer mit heftigem Herzklopfen, das auch in dem kleinen Seebad auf dem Weg zum Hotel nicht nachließ. Als sie jedoch voller Erwartung in eine fast leere Hotelhalle kam, wurde sie ruhiger, war aber auch enttäuscht. Wie oft sie sich suchend umsah, hier war niemand, an den sie sich erinnerte. Was hast du denn erwartet, dachte sie ironisch. Wenn er wüsste, dass du kommst, müsste er doch den gleichen Traum gehabt haben?

Das war ein Aspekt, den sie bisher überhaupt nicht berücksichtigt hatte. Etwas niedergeschlagen checkte sie ein und ging auf ihr Zimmer. Dort wurde sie von einem großen weißen Rosenstrauß begrüßt, an den die Ballkarte gelehnt war. Violetta lächelte, was für eine nette Geste von ihrem Freund Gert, er erinnerte sich sogar an ihre Lieblingsblumen. Damit fühlte sie sich gleich besser, packte aus, nahm ein entspannendes Bad und machte sich dann für den Ball fertig. Etwas unsicher, schon wegen der neuen High-Heels, die genauso drückten wie damals, trat sie aus dem Lift in die jetzt hellerleuchtete Hotelhalle und wandte sich dem Eingang des Ballsaals zu, als sie ihn sah.

„Beinahe wäre mir das Herz stehen geblieben", hatte sie später Sandra erzählt. „Denn er stand einfach da und wartete mit einer weißen Rose in der Hand."

Das hatte sie einen Moment zögern lassen: Was wäre, wenn er auf eine andere Frau warten würde? Aber sobald er sie wahrnahm, verflogen alle Zweifel. Er kam mit einem glücklichen Lächeln auf sie zu. „Auf diesen Moment warte ich schon so lange. Sie tragen das silberblaue Kleid, also hatten Sie wirklich auch den gleichen Traum?"

Violetta nickte nur, weil sie sich ihrer Stimme absolut nicht mehr sicher war, aber er setzte schon fort. „Ich bin Henry Kröger, ich bin Physiker, also ein durch und durch praktischer und realistisch denkender Mensch. Wie konnte ich so einen wundervollen Traum mit einer so wunderbaren Frau haben und das auch noch in der Zukunft? Das kann doch gar nicht wahr sein! Aber genauso oft habe ich mir gewünscht, dass es diese Frau und diesen Traum wirklich gibt und jetzt sind Sie da. Ich bin überglücklich, aber wahrscheinlich rede ich zu viel. Wir haben ja noch jede Menge Zeit."

Er reichte ihr galant den Arm und führte sie an einen etwas geschützten Tisch an der Seite des Saales, wo wieder weiße Rosen auf sie warteten und Violetta endlich klar wurde, dass dieser Mann offensichtlich mehr über sie wusste oder ahnte, als sie über ihn. Während des Essens begnügte er sich damit, sie überwiegend mit seinen schimmernden Augen schwärmerisch anzuschauen. Erst beim Dessert schien er die Stille nicht mehr auszuhalten.

„Es gibt vermutlich nicht die richtigen Worte, um zu beschreiben, wie ich mich heute fühle, seitdem ich weiß, dass es Sie wirklich gibt. Anfangs dachte ich an eine ernsthafte psychische Störung, weil ich niemals solche fantastischen Träume hatte, aber mein Freund Alfred, der Psychologe ist, hat mir versichert, ich sei nicht verrückt, sondern nur verrückt nach einer Frau. Also habe ich recherchiert und habe eine Hotelangestellte mit meinen Wünschen so lange genervt, bis sie mir einige Informationen gegeben hat. Und deshalb warte ich jetzt schon vier Jahre oder eine halbe Ewigkeit auf unser Wiedersehen, liebste Violetta." Er zog ihre Hand an seine Lippen und sie spürte wie damals sofort die Reaktion in ihrem gesamten Körper.

Schon beim Hereinkommen hatte sie wahrgenommen, dass der Ballsaal genauso wundervoll geschmückt war wie damals und das Orchester sogar noch besser spielte, aber eigentlich hatte sie nur Augen für ihn. Sie tanzten oft, erzählten sich Dinge, die allen Paaren auf der Welt wichtig schienen, konnten aber auch in angenehmem Schweigen verharren. Es wurde ein langer Abend und als er zu Ende ging, wusste sie schon eine Menge über Henry und vertraute ihm mehr und mehr. Als sie dann aber gemeinsam zum Fahrstuhl gingen, um ihr Zimmer aufzusuchen, gab es einen kurzen Moment, in dem Violetta zögerte. Der Mann neben ihr war genau das, was sie ersehnt hatte und ihr Herz war voller Freude. Aber eigentlich war er auch immer noch ein Fremder, mit dem sie nur einige angenehme Stunden verbracht hatte. Ging das nicht alles zu schnell und was würde sie auf dem Zimmer erwarten?

Aber dann musste sie lächeln, denn das wusste sie schließlich genau, weil sie das schon vor fünf Jahren im Traum erlebt hatte: Die heißeste Nacht ihres Lebens.

Immer fehlt etwas

„Ach Kind, ich weiß wirklich nicht, was ich bei dir falsch gemacht habe, dass du so gar kein Talent zu etwas hast. Carina, die Tochter von Frau Krüger, hat gerade ihr Medizinstudium beendet und beginnt schon in einem berühmten Forschungsinstitut in der Schweiz zu arbeiten und die Tochter von Schneiders hat gerade ihren ersten Lehrstuhl an der Universität bekommen. Diese Frauen haben so viel erreicht und ihre Eltern können sehr stolz auf sie sein. Das wirst du mit deiner Kleckserei nie schaffen können!"

Mit diesen erbaulichen Bemerkungen verabschiedete sich ihre Mutter und Sarah Falkenhorst verdrehte genervt die Augen, als sie endlich die Tür hinter ihr schloss. Das neue Jahr hatte kaum begonnen, aber die Litanei ihrer Mutter war immer noch die gleiche, wie in den Jahren davor. Egal was Sarah sagte oder tat, es war nie genug, immer fehlte etwas.

Heute war es wie so oft ihr Hobby, das die ätzenden Bemerkungen ihrer Mutter hervorrief. Sie malte besonders gerne fantasievolle Aquarelle, die als Illustration zu jedem Märchenbuch hätten dienen können. Da gab es zarte Elfen, die um große Rosen- oder Lilienblüten schwirrten, putzige Zwerge, die fleißig ihrer Arbeit nachgingen, wunderschöne Prinzessinnen in geheimnisvollen Schlössern, kluge Feen oder auch einfach nur lustige Tiere. Sarah lächelte, sie fand ihre Bilder einfach schön, ihr Vater tat das auch, aber leider war er ständig unterwegs und legte sich zuhause kaum mit seiner Frau an.

Ihre Mutter war vor allem daran interessiert, sie gut versorgt zu sehen und vermisste es vermutlich auch mit ihr angeben zu können, daher war alles, das kein Geld brachte in ihren Augen wertlos.

Daran erinnerte sie Sarah bei jedem Besuch mit der Ausdauer eines Suchhundes, denn jedes Mal hatte sie neue Beispiele dafür, was andere alles leisteten, während Sarah nur „kleckste".

Aber Amalie Falkenhorst begnügte sich nie mit nur einer Kritik. Natürlich war auch heute Sarahs Kaffee viel zu stark und ihr Feenkuchen, der ihre Kolleginnen immer begeisterte, war nach Meinung ihrer Mutter ungenießbar.

Sarah seufzte tief. Eigentlich wollte sie heute mit ihrer Mutter über Ulf sprechen, weil sie mit ihm so glücklich war und auch hoffte, endlich einmal die Anerkennung ihrer Mutter zu gewinnen. Immerhin war sie bereits seit drei Monaten mit dem Inhaber der Firma liiert, in der sie arbeitete und ein solcher Schwiegersohn in spe konnte doch Amalie nur zum Strahlen bringen.

Während sie den Tisch abräumte, schüttelte sie über sich selbst den Kopf. Denn inzwischen sollte sie diese Vorwürfe gar nicht mehr so nahe an sich heranlassen, sie kannte sie schließlich ein Leben lang. Schon in ihrer Kindheit konnte sie ihrer Mutter nie etwas recht machen, selbst wenn sie es geschafft hatte im Unterricht wirklich eine Eins zu bekommen, waren mit Sicherheit andere viel besser. Es fiel Sarah nicht leicht zu lernen, besonders naturwissenschaftliche Fächer machten ihr regelrecht Angst, aber auf die legte ihre Mutter den größten Wert. Im Kunst-Unterricht dagegen blühte Sarah schon von Anfang an auf, dort war sie die Geschickteste, hatte die interessantesten Ideen und so viel Fantasie, dass die Zeichenblätter unter ihren Fingern zu blühen begannen. Ihre Kunstlehrerin war so von ihren kleinen Meisterwerken begeistert, dass sie eine Ausstellung mit Sarahs Aquarellen organisierte, die viel Anerkennung bekam.

Aber nicht bei ihrer Mutter, die ermahnte sie immer wieder: „Von diesen Dingen wirst du nicht leben können, du brauchst einen ordentlichen Beruf, mit der Malerei wirst du höchstens ein Sozialfall!"

Also versteckte Sarah ihr Hobby und ihre Freude daran vor der strengen Mutter und machte brav eine Ausbildung zur Bürokauffrau. Sie erledigte diese Arbeit auch ordentlich und pflichtbewusst in einer größeren Import-Export-Firma, aber ihr Herz war nicht dabei. Wenn es nach Oma Pauli gegangen wäre, hätte sie immer noch ausbrechen und sich mehr ihrem Talent widmen können. Sarah erinnerte sich oft daran, wie häufig sie ihr zugeredet hatte, aber gegen ihre Mutter kam auch sie nicht an. Denn Oma Pauli war nicht wirklich ihre Oma, sondern eine Freundin ihrer bereits verstorbenen Gro0mutter, die sich aber immer um sie gekümmert und sie einfach auch ohne viel Worte verstanden hatte. Leider war sie vor zwei Monaten nach einer längeren Krankheit verstorben und fehlte Sarah immer noch sehr.

An ihrem letzten Tag hatte sie ihr ein Tagebuch in die Hand gedrückt und sie gebeten, sich dort alle Probleme von der Seele zu schreiben. „Es tut mir so leid, Kind, ich hätte so gerne gesehen, dass du deine Träume wirklich leben kannst. Aber ich gebe die Hoffnung nicht auf, irgendwann wirst du es schaffen."

Sarah schossen schon bei der Erinnerung an dieses Gespräch die Tränen in die Augen und sie drückte das schmale blaue Buch mit Silberintarsien an ihr Herz. Blau war Oma Paulis Lieblingsfarbe gewesen und sie verwendete sie oft bei ihren Seidenmalereien, die sehr begehrt waren. Pauli hatte ihr auch etwas Geld hinterlassen, als Reserve, falls sie doch den Schritt in die Selbständigkeit wagen würde. Aber noch war daran nicht zu denken, noch waren auch Sarahs Gedanken weniger bei der nächsten Märchenillustration, sondern eher beim nächsten heimlichen Treffen mit Ulf.

Es störte sie schon, dass sie nicht öffentlich zu ihrer Liebe stehen konnten, aber er hatte ihr erklärt, dass sei ausschließlich in ihrem Interesse, schließlich könnten sonst ihre Kolleginnen neidisch werden oder vermuten, dass sie bevorzugt würde.

Nachdem sie die Wohnung wieder in Ordnung gebracht und das Geschirr gespült hatte, kontrollierte sie ihr Handy, ob es nicht doch eine Nachricht von ihrem Liebsten gegeben hätte, aber das war nicht der Fall. Das wusste sie natürlich auch, denn am Wochenende widmete er sich immer seinen Eltern, denen die Firma immer noch gehörte.

Also hatte sie Zeit sich eine neue Geschichte auszudenken und zu zeichnen, wie die Abenteuer von Willi, dem wilden Marienkäfer, die Kindern vermutlich viel Spaß machen würde. Noch gab es leider keine Kinder, die sie sehen würden, aber vielleicht irgendwann ihre eigenen?

Das erinnerte sie unangenehm an ein Versäumnis. Der Schock ließ sie fast erstarren, dann stürzte sie mit einem panischen Gefühl ins Bad und hätte sich am liebsten die Hand vor die Stirn geschlagen. Sie hatte die Pille komplett vergessen! In der letzten Woche, als es so viel Hektik sowohl zuhause, als auch in der Firma gab, hatte sie überhaupt nicht daran gedacht.

Oh Gott, und sie hatten sich am Mittwoch in Ulfs Ferienhaus getroffen und wie sie sich erinnerte auch die ganze Nacht ausgiebig geliebt.

Stopp! Sie versuchte sich zu beruhigen, da muss noch gar nichts passiert sein und wenn schon, dann wäre es auch nicht der Weltuntergang. Sie sah im Spiegel, dass sie richtig blass geworden war und lächelte bis ihre himmelblauen Augen wieder strahlten. Es gäbe natürlich eine ganz einfache Lösung! Das was sowieso geplant war, würde einfach vorgezogen. Also alles in Ordnung!

Einige Wochen später war sie sich dessen nicht mehr so sicher, als sie fast entsetzt auf den Schwangerschaftstest starrte, den sie extra in der Drogerie drei Straßen weiter gekauft hatte. Ihre Periode war ausgeblieben, aber das war schon öfter vorgekommen und machte ihr noch keine Sorgen. Als aber der zweite Termin heranrückte hatte sie ein komisches Gefühl, das sich nicht unterdrücken ließ. Und nach dem Test bestand auch kein Zweifel mehr: Sie war eindeutig schwanger!

Unruhig verließ sie das Bad und tigerte durch die Wohnung, um zu überlegen. So wie sich die Beziehung zu Ulf in der letzten Zeit entwickelt hatte, würde es nicht mehr so einfach sein, die Dinge, die sowieso geschehen würden vorzuziehen. Er war in letzter Zeit so abweisend geworden und schien immer weniger Zeit mit ihr verbringen zu wollen. Sicher er hatte viel zu tun, mit der Umgestaltung der Firma, aber ihr schien mehr dahinter zu stecken.

Als sie am nächsten Tag mit einer Kollegin vorsichtig über die schlechte Laune des Chefs sprach, nickte die nur. „Wahrscheinlich hat er viel um die Ohren mit der Vorbereitung der Hochzeit und der Fusion der beiden Firmen."

Sarah fühlte sich in dem Moment, als habe ihr jemand die Beine weggezogen und sie klammerte sich krampfhaft an den Schreibtisch der Kollegin. „Was für eine Hochzeit?"

„Na, er heiratet doch nächsten Monat die Tochter vom alten Rüttgers, der einzigen Konkurrenzfirma, die es für uns noch gibt. Das ist wahrscheinlich der klügste Schachzug, den die beiden Seniorchefs in der jetzigen Wirtschaftslage machen konnten."

Sarah nickte mechanisch und ging fast automatisch zur Toilette, weil sie schon spürte, wie die ersten Tränen in ihren Augen brannten. Wieso wusste sie davon nichts? Hatte man Ulf wegen der Firma eventuell zu diesem Schritt gezwungen?

Aber jetzt ging das nicht mehr, sie war schwanger und das Kind brauchte seinen Vater. Das war mit Sicherheit wichtiger als irgendeine Firmenfusion und musste genügen, um alle Missverständnisse zu klären. Das hoffte sie, bis sie das Gesicht von Ulf sah, als sie ihm immer noch voller Freude von ihrer Schwangerschaft erzählte und ihn aufforderte die Hochzeit abzusagen. Er sah sie mit erstarrtem Gesichtsausdruck fast hasserfüllt an.

„Darum ist es dir also die ganze Zeit gegangen! Du hast mich absichtlich in die Falle gelockt, um dich ins gemachte Nest zu setzen. Aber nicht mit mir, du bist eine kleine Angestellte, die für eine kurze Zeit reizvoll war, aber du wirst mir auf keinen Fall dieses wichtige Geschäft kaputt machen oder du bist sofort deinen Job los!"

„Und das Kind?" Sarah fragte es tonlos, denn das war mehr als sie ertragen konnte.

„Welches Kind? Du hast mir gesagt, dass du die Pille nimmst, darauf habe ich mich verlassen. Aber ich will kein Unmensch sein, wenn du es wegmachen lässt, bezahle ich die Rechnung und dann will ich keine weiteren Forderungen von dir hören."

Sarah wusste später nicht mehr, wie sie zurück in ihr Büro gekommen war. Glücklicherweise war die Kollegin, die ihr sonst gegenüber saß nicht anwesend, so dass ihre Tränen ungehemmt fließen konnten. Am liebsten hätte sie laut geschrien und ihn für seine gemeine Reaktion verflucht. Dann rief sie sich zur Ordnung und bemühte sich ihre Aufgaben zu erledigen, obwohl ihre Gedanken ständig zu dieser Auseinandersetzung zurückwanderten und sie Ulf am liebsten gründlich die Meinung gesagt hätte. Aber wenn sie auch noch ihren Job verlor, das wäre jetzt einfach zu viel. Also bemühte sie sich redlich, obwohl ihre Gedanken einfach nicht zur Ruhe kamen. Wie hatte sie sich in so einen eiskalten Typen verlieben können? Wahrscheinlich hatte ihre Mutter doch mit vielen ihrer Vorwürfe recht, sie lebte zu sehr in einer Märchenwelt, nur deshalb konnte Ulf sie so böse betrügen. Gerade fühlte sie sich als wäre sie vom Idiotenbaum gefallen und hätte auf dem Weg nach unten noch jeden einzelnen Ast getroffen.

Vielleicht sollte sie die Welt doch eher realistisch angehen und das Kind wirklich wegmachen lassen. Sie hätte ihre Arbeit und könnte einfach so weiterleben. Aber allein bei dem Gedanken spürte sie wie sich ihr Herz krampfhaft zusammenzog. Schon das Wort *wegmachen* tat ihr fast körperlich weh. Ratlos lief sie am Abend zuhause in ihrer Wohnung hin und her. Sie müsste mit jemandem reden, aber nicht mit ihrer Mutter. Frau Meyer, die ältere Dame in ihrer Nachbarschaft, mit der sie öfter mal einen Kaffee trank, besuchte gerade ihre Enkelin und stand damit auch nicht zur Verfügung. Sonst wäre sie mit ihren Problemen zu Oma Pauli gegangen, aber auch das war nicht mehr möglich. Mit einem traurigen Lächeln griff sie nach dem Tagebuch, das sie ihr geschenkt hatte. Sollte sie nicht dort ihre Probleme aufschreiben? Viel Hoffnung auf Erleichterung hatte Sarah nicht, aber sie nahm das Buch mit zu ihrem großen Zeichentisch und schrieb alles auf, was ihr am Herzen lag. Erst ganz zum Schluss schilderte sie das Dilemma mit dem Kind und dessen Vater, der darauf keinen Wert legte. Sie stockte einen Moment, um den nächsten Gedanken zu formulieren, als sich auf der gleichen Seite die Schrift von Oma Pauli ganz alleine bildete. *Und was will die Mutter?*

Sarah sprang erschrocken auf und ließ in ihrer Hast den Stift fallen. Was war das denn? Sie sah sich um. Hier war niemand, wer hatte dann diese Frage geschrieben? Als sie sich noch unruhig umblickte und nach Erklärungen suchte, tauchte die Schrift erneut auf. *Und willst du das Kind?*

Jetzt fühlte sie sich Oma Pauli so nahe, als hätte sie ihr die Frage direkt gestellt. Sie öffnete ihre Zeichenmappe und legte nach einigem Suchen ein Blatt auf den Tisch, auf dem ein Baby lächelnd in einer Wiege lag und vergnügt mit seinem Fuß spielte. Die Darstellung war so innig und so überzeugend, dass man das lustige Glucksen fast hören konnte. „Wie kannst du nur fragen?", flüsterte sie.

„Natürlich möchte ich es behalten, aber ist das auch fair dem Kind gegenüber, wenn es von Anfang an keinen Vater hat?"

Ein Kind kann auf einen Vater verzichten, aber nicht auf seine Zukunft!

Sarah nickte nur, als sie die Antwort las, sie sah das auch so. Es würde schwer werden, das war ihr klar, aber tief in ihrem Inneren war sie sich auch sicher, das Kind würde jedes Risiko wert sein.

Suche dir jemanden, der dich unterstützt.

Der nächste Rat ließ ihr wieder die Tränen in die Augen schießen, denn derjenige, von dem man an erster Stelle Hilfe hätte erwarten müssen, wollte garantiert keine geben. Aber vielleicht konnte sie sich anderen Beistand suchen, überlegte sie noch, als es Sturm klingelte. Sie hatte die Tür kaum vorsichtig geöffnet, als ihre Mutter regelrecht in den Raum stürmte. „Stimmt das, du bist schwanger? Wer ist der Kerl? Wird er dich heiraten?"

Als Sarah nur verwirrt den Kopf schüttelte, setzte die Mutter erbost fort. „Ich habe mir schon immer viele Sorgen um dich machen müssen, aber dass du so undankbar bist und mich dem Gespött der Leute aussetzt, hätte ich nicht erwartet. Frau Krüger hat mich sofort angerufen, als sie dich in der Drogerie mit dem Schwangerschaftstest gesehen hat, damit war ich wenigstens vorgewarnt. Also wird dich der Kindesvater heiraten?"

„Nein, das wird er nicht, er hat schon eine andere." Sarah schob ihrer Mutter einen Sessel zu und setzte sich selbst aber so weit entfernt wie nur möglich. Ihre Mutter sollte gar nicht mitbekommen, dass ihr bei diesem Auftritt bereits die Knie zitterten.

„Dann lässt sich die Situation vielleicht noch retten, du lässt das Kind sofort wegmachen, ehe jemand etwas bemerkt. Übernimmt er wenigstens die Kosten dafür oder muss das dein Vater machen?"

„Ich werde das Kind nicht wegmachen lassen, ich will es behalten:" Sie versuchte ihrer Stimme mehr Festigkeit zu verleihen, um ihrer Mutter klar zu machen, dass sie wirklich entschlossen sei, aber die reagierte wie immer. „Das kommt überhaupt nicht in Frage. Du bringst die Sache so schnell wie möglich in Ordnung, du kannst schließlich später noch genug Kinder bekommen, wenn du in gesicherten Verhältnissen bist."

„Nein! Ich kann verstehen, dass du nicht erfreut bist, für mich war es auch ein Schock, aber ich werde dieses Kind behalten. Es wäre euer erstes Enkelkind und ich werde es bekommen, entweder mit eurer Hilfe oder ohne."

„Dann sind wir geschiedene Leute!" Amalie Falkenhorst schien Wert auf eine tragische Reaktion zu legen und hob die Hand so entschieden wie eine griechische Tragödin. „Von uns kannst du dann keine Hilfe erwarten, also werden meine schlimmsten Befürchtungen wahr, du wirst ein Sozialfall!"

Dann verließ sie die Wohnung mit einem höchst beleidigten Gesicht, so dass Sarah trotz ihrer weichen Knie fast gegrinst hätte. Als Schauspielerin hätte ihre Mutter glatt versagt, weil sie ständig übertreiben musste!

Dann schüttelte sie etwas erleichtert, aber auch verwundert den Kopf. Sie war doch kein Sozialfall! Falls sie keine gesundheitlichen Probleme hätte, könnte sie bis kurz vor der Geburt des Kleinen arbeiten. Ihr Gehalt war zwar nicht üppig, aber es reichte und sie hatte bereits eine größere Summe für den möglichen Übergang in die Selbständigkeit angespart, dazu käme das Geld von Oma Pauli. Ob das aber ausreichen würde, wusste sie nicht. Was kostete es überhaupt ein Kind aufzuziehen?

Sie zuckte ratlos mit den Schultern. Das könnte sie alles noch herausfinden. Jetzt würde sie sich erstmal ein Buch für werdende Mütter besorgen und einen Termin bei ihrer Frauenärztin. Vielleicht war das Ganze doch nur blinder Alarm, aber das wäre auch wieder schade, denn so langsam begann sie sich auf das Baby, ihr Baby zu freuen. Den kurzen Moment der Sorge bei der Frauenärztin vergaß sie sofort, als die ihr bestätigte, dass alles in Ordnung sei.

„Mit dieser Bescheinigung sollten Sie Ihren Arbeitgeber über die Schwangerschaft informieren, das sichert Ihnen den Kündigungsschutz."

Eigentlich weiß er das schon, wäre Sarah beinahe herausgerutscht, aber dann überlegte sie, dass sie das auch unkompliziert über das Personalbüro regeln könnte.

Zwei Tage später kam ein wütender Ulf in das Büro, in dem sie immer noch alleine arbeitete. „Wie konntest du das öffentlich machen? Ich hatte dich gewarnt, du würdest deinen Job verlieren, wenn etwas nach außen dringt. Am liebsten würde ich dich gleich feuern."

Sarah sah ihn gelassen an obwohl ihr Herz wie wild in der Brust hämmerte. „Ich habe Kündigungsschutz."

„Das weiß ich", er knirschte fast mit den Zähnen, aber sie ließ sich davon nicht wie früher beeindrucken. Hier ging es um die Sicherheit für das Kind und das war jedes Risiko wert.

„Ich will, dass du eine Verschwiegenheitserklärung unterschreibst. Niemand darf wissen, dass ich der Vater deines Kindes bin, sonst platzt die Fusion doch noch. Du bekommst genügend Geld für das Kind, aber ich brauche deine Unterschrift."

Sie warf nur einen kurzen Blick auf das Schriftstück, das er ihr zuschob. „Gut, ich lese es mir heute Abend durch. Brauchst du sonst noch etwas?" Sie erwartete keine Antwort und erhielt auch keine, denn Ulf war schon verschwunden.

Natürlich war sie innerlich auch erregt und keineswegs so ungerührt, wie sie sich gezeigt hatte, aber sie spürte bereits eine große Verantwortung für das Kind, das in ihr wuchs und keine zwei Eltern, sondern nur sie haben würde. Nachdem sie ihre Vorgänge bearbeitet hatte und erfreulicherweise bisher von der angedrohten Übelkeit verschont geblieben war, studierte sie abends aufmerksam das Angebot ihres Chefs und Ex-Liebhabers. Vielleicht waren es die Hormone, vielleicht auch der Schock über seinen gemeinen Verrat, aber sie war glücklich darüber, ihm gegenüber kaum noch etwas zu empfinden. Wahrscheinlich war die rosarote Brille doch ziemlich brutal von der Realität abgerissen worden. Schon als sie die gestelzten Formulierungen las, mit denen ihr vorgeschrieben wurde, niemals den Namen des Kindesvaters anzugeben, schien es ihr kaum noch vorstellbar, diesen Mann jemals geliebt zu haben, der sich über ihr Baby ausließ, wie über eine defekte Ware und sich mit gerade einmal 20.000 EUR aus der Verantwortung ziehen wollte.

Am liebsten hätte sie vergessen, dass er der Vater war und das Schreiben einfach zerrissen, aber sie musste auch an die Sicherheit des Kindes denken. Wenn sie auf das Geld verzichten würde, könnte sie zwar eine kurze Zeit stolz auf ihre hehre Haltung sein, aber geholfen wäre damit keinem. Welche Meinung hatte denn ihre geheime Ratgeberin?

Nachdem sie ihre Schwierigkeiten formuliert hatte, achtete sie höchst gespannt auf eine Antwort, die auch nicht lange auf sich warten ließ. *Das hört sich an, wie in den 50-er Jahren des vergangenen Jahrhunderts. Wird denn die Menschheit nie klüger?*

Trotz ihrer Anspannung musste Sarah lächeln. Genauso hätte Oma Pauli reagiert, ihr dann einen Kakao gekocht und sich mit ihr einen Plan ausgedacht. Deshalb würde sie das auch so handhaben.

Mit einer Tasse Kakao in der Hand entschied sie dann, die Vereinbarung zu unterschreiben, aber die Summe war viel zu gering. Sie brauchte das Geld nicht für ein Luxusleben, aber ihr Kind sollte nicht weniger bekommen als ihm zustand. Sie sah nachdenklich auf das Tagebuch.

Plötzlich erschien eine etwas andere Schrift: *Schlage die Summe vor, die das Statistische Bundesamt ermittelt hat.*

Sarah runzelte die Stirn. Woher kam diese Information? Bisher
hatte sie immer geglaubt, die Ratschläge kämen von Oma Pauli aus
der Zwischenwelt oder wo sie sich gerade befinden würde. Aber sie
war zwar eine sehr begabte Künstlerin gewesen, hatte jedoch von
rechtlichen Dingen absolut gar keine Ahnung. Hätte sie überhaupt
gewusst, dass es ein solches Bundesamt gab? Vielleicht halfen dort
ja auch andere? Sarah lächelte über ihre eigenen neugierigen Fragen, denn sie würde bestimmt keine Antworten darauf erhalten.

Als sie aber die Summe sah, die das Statistische Bundesamt für das
Aufziehen eines Kindes ermittelt hatte, wurde ihr der Wert der
Auskunft von oben so richtig bewusst.

Die wütende Reaktion von Ulf, mit der er ihr am nächsten Tag
dann ein neues Schriftstück zuschob, bestätigte das. „Ich musste
meinen Vater informieren, das war schlimm genug. Wir sind bereit
die Summe auf 100.000 aufzustocken, wenn du sofort unterschreibst, mehr gibt es auf keinen Fall. Ansonsten kannst du ja auf
Unterhalt klagen."

Sarah lächelte nur beim Unterschreiben und war sich klar, dass ihre
Tage in dieser Firma gezählt waren. Sobald der Kündigungsschutz
auslief, würde man sie auf die Straße setzen. Für das Kind wäre
gesorgt, wenn sie das Geld gut anlegen könnte, aber auf alles andere sollte sie sich rechtzeitig vorbereiten. Alleinstehend mit einem
Kind würde es bestimmt schwieriger werden eine neue Stelle zu
finden. Wie machten das eigentlich andere in der gleichen Lage?

Vermittelte jemand passende Erfahrungen? Gab es einen Blog zu diesen Fragen? Oder sollte sie einfach eine Schwangere ansprechen?

Ihre Suche erübrigte sich zunächst, als sie zwei Tage später im Backshop in ihrer Straße Patty kennenlernte, die jedes Brötchen und jeden Laib Brot mit einem strahlenden Lächeln und immer guter Laune verkaufte. „Ich glaube, ich habe dich bei der Frauenärztin gesehen, bist du auch?"

Als Sarah überrascht nickte, lachte sie. „Bleib ruhig, man sieht noch nichts. Bei mir ist schon mehr passiert, ich bin im 5. Monat. Bist du auch alleine?"

Wieder nickte Sarah, aber Patty erwartete auch gar keine umfangreiche Antwort, sie stöhnte nur auf. „Männer! Warum gerate ich immer an die gleichen Loser, wo es doch bestimmt auch gute Typen gibt. Aber ich bin bestimmt schon als Kind mit dem Kopf auf den Felsen der Dämlichkeit aufgeschlagen, garantiert dreimal hätte meine Mutter gesagt."

„Bei mir war es der Idiotenbaum", Sarah grinste. Es war gar nicht so schwer, verwandte Seelen zu finden, denn Patty schlug schon vor. „Hast du Lust mit mir das neue Eiscafé zu testen? Ich habe in 10 Minuten Feierabend und Kuchen kann ich schon seit dem 3. Monat nicht mehr sehen, aber Eis geht immer."

Für Sarah war es viel einfacher, in dem munteren Austausch Patty all das zu fragen, was sie sich bei der Ärztin nicht getraut hatte.

Nachdem sie ihre Handynummern getauscht hatten ging sie schon etwas erleichtert zu ihrer Wohnung zurück. Nächste Woche würde Frau Meyer zurückkommen, die hätte bestimmt auch noch einige Tipps.

Vor der Wohnung wartete ihr Vater auf sie und nahm sie gleich in die Arme. „Es tut mir so leid, Käferchen, aber du kennst ja deine Mutter. Früher war sie nicht so, ich weiß nicht, was ich falsch gemacht habe."

Sarah kuschelte sich an ihn. „Du hast keine Fehler gemacht Paps, und ich mache auch keine."

In der Wohnung zeigte sie ihm die Summe auf der Vereinbarung. „Ich bin voll auf Risiko gegangen, damit mein Kind kein Sozialfall wird, aber wie ich es anlegen soll, weiß ich noch nicht."

Ihr Vater nickte anerkennend bei dieser Summe. „Ich glaube wirklich, dass du cleverer bist, als deine Mutter je ahnen kann. Genügen dir ein paar Anlagevorschläge damit du selbst entscheiden kannst?"

Als Sarah sich erfreut bedankte, umarmte er sie noch einmal. „Ich freue mich auf das Kleine und bin richtig stolz, schon ein Opa zu werden, vielleicht ändert deine Mutter auch irgendwann ihre Meinung."

Das schien nicht der Fall zu sein, aber es machte Sarah weniger aus, als befürchtet. Seit sie Patty kannte hatte sie immer jemanden zum Reden, sie konnten sich schnell über ihre Beschwerden austauschen und ausprobieren was wirklich half.

Natürlich stöhnte sie abends über Rückenschmerzen und geschwollene Knöchel vor allem, als es auf den Sommer zuging, aber insgesamt verlief ihre Schwangerschaft bisher ruhiger als erwartet. Sie begann schon die Baby-Ecke in ihrem Schlafzimmer einzurichten und mit passenden Illustrationen zu schmücken, als sie eine bemerkenswerte Begegnung hatte, die sie glauben ließ, dass sich seit ihrer Schwangerschaft einfach alles glücklich fügte.

Wie immer kam sie an diesem Nachmittag erst beim Backshop vorbei, um nach Patty zu sehen, die kurz vor der Geburt stand, aber immer noch arbeitete, weil es ihr Spaß machte. Um diese Zeit war der Laden meist leer und sie unterhielten sich über passende Babynamen, da Patty noch überlegte.

„Also ich schwanke immer noch zwischen Leon und Max, auf jeden Fall möchte ich, dass mein Sohn einen kurzen Namen hat. Alles andere ist ätzend, ich darf gar nicht an meine Kindheit denken und was ich da alles hören musste."

„Aber du hast doch einen kurzen Namen", wunderte sich Sarah. Patty grinste. „Ja, jetzt, den habe ich mir auch selbst gebastelt. Vorher hieß ich Gracia-Patricia-Aurora, weil sich meine Eltern nicht auf einen Rufnamen einigen konnten. Hast du eine Ahnung was so ein Name mit einem Kind macht? Ich dachte schon ich müsste die Menschenrechtskommission der UNO anrufen, aber dann habe ich mir selbst geholfen. Hast du schon was ausgewählt?"

Sarah wollte gerade antworten, als ein Mann den Backshop betrat und sofort mit strahlender Miene auf sie zu kam.

„Tristan", rief sie überrascht und Patty, die gerade die Auslage ergänzte, antwortete sofort. „Der Name ist echt cool, den gibt's nicht so oft, klingt aber gut."

„Stimmt", ergänzte der Mann lächelnd, der Sarah nur als der dicke Junge aus der Schule in Erinnerung war, der ihr immer geholfen hatte, ob beim Aufhängen ihrer kleinen Kunstwerke oder auch gegen größere Schüler. Inzwischen sah er deutlich anders aus und schien ihr wesentlich attraktiver. Das Fett war verschwunden, jetzt hatte er eher den Körper eines Läufers, schlank, sehnig und ein wenig hager. Aber die samtbraunen Augen und sein gutmütiges Lächeln waren immer noch vorhanden.

„Heute muss echt mein Glückstag sein", rief er jetzt und umfasste erfreut ihre Hand mit beiden Händen. „Du hast ja keine Ahnung, wie lange ich schon nach dir gesucht habe!"

Freudig zog er die verdutzte Sarah in seine Arme, während Patty das Ganze mit verträumten Augen betrachtete. „Diesen Satz würde ich mir auch einmal wünschen, wenigstens einmal im Leben", seufzte sie und füllte einen Kuchenteller. „Ihr habt bestimmt einiges zu besprechen, setzt euch doch draußen hin. Ich bringe euch gleich was zu beißen."

Sarah ließ sich in den angenehm weichen Sessel sinken und fühlte sich immer noch wie überfahren, aber irgendwie auch angenehm überrascht. „Wieso hast du mich gesucht?"

Als sie Tristans vorsichtig musternde Blicke sah, lachte sie amüsiert auf. „Du kannst es mir sagen, auch wenn es etwas Schlimmes ist. Ich verspreche dir, dass ich das Kind nicht auf der Stelle bekommen werde, ich habe noch vier Monate Zeit. Also was ist es?"

Er antwortete nicht gleich, sah aber irgendwie enttäuscht aus, als er weiter fragte. „Malst du noch?"

„Ja, natürlich. Du weißt doch am besten, dass man damit nicht aufhören kann."

„Und dein Mann? Ich wollte dich schon früher treffen, aber da habe ich dich mit einem Mann gesehen."

Sarah sah sich gespielt überrascht um. „Da ist keiner, ich werde mein Kind allein erziehen."

Jetzt schien er doch erleichtert und strahlte wieder. „Aber du machst das Malen nicht beruflich, es hat dich noch keiner entdeckt?"

„Nein, so einfach ist es nicht, weil man ja davon nicht leben kann, deshalb arbeite ich in einer Firma, damit ich kein Sozialfall werde."

„Gut, jetzt weiß ich, was ich wissen muss." Schon Tristans Lächeln deutete an, dass er ihr etwas außerordentlich Wichtiges und Besonderes verkünden wollte. „Das mit dem Sozialfall ist natürlich Quatsch, aber das ist vermutlich immer noch die Meinung deiner Mutter, die keine Ahnung hat. Ich arbeite für „EduGaming", das ist eine Firma, die digitale Lernspiele produziert, die Wissenseffekte und Spaß gleichzeitig erzielen sollen. Zurzeit sind wir in einer entscheidenden Phase, aber dann sind uns zwei Zeichner abgesprungen, weil sie in den USA horrende Summen verdienen können. Und deshalb habe ich sofort an deine wirklich tollen Zeichnungen von damals gedacht, denn das wäre genau das, was uns retten könnte. Was hältst du davon?"

Als er sie fragend ansah, musste sich Sarah sehr zusammenreißen, um nicht vor Freude zu schreien. War es wirklich möglich, dass solche Superchancen vom Himmel fielen? Anfangs hatte sie nur nervös an ihrem Kuchen geknabbert, aber bei diesem Angebot überflutete sie die Freude so sehr, dass sie fast nach Luft schnappte. Und dann spürte sie es, eine ganz zarte Berührung von innen. So als ob ihr Baby sagen würde: *Hallo, ich bin dabei. Mach das, es wird gut.* Sie lächelte beglückt und legte schützend die Hand auf den Bauch. „So wie es aussieht, sind wir beide sehr dafür, das auszuprobieren. Ich wohne gleich in der Nähe, da könntest du dir schon einige Arbeiten ansehen."

Patty hatte inzwischen Tristans Bestellung zusammengepackt und kam auch ohne Einladung mit, weil sie einfach neugierig oder auch etwas besorgt um Sarah war. In ihrem Wohnzimmer breitete Sarah einige Arbeiten auf dem großen Holztisch aus, an dem sie sonst auch arbeite und dafür lieber in der kleinen Küche aß. Wie vermutet griff Tristan sofort zu der Reihe von Bildern mit dem wilden Marienkäfer Willi.

„Die sind perfekt, wir brauchen vielleicht noch einige Ergänzungen, aber das können wir entscheiden, wenn ich mit der Autorin gesprochen habe. Sie kennt die Einzelheiten der Geschichte natürlich besser. Aber ich denke, dass du genau die Richtige bist und wir einen Honorarvertrag machen sollten. Du kannst aber auch eine Festanstellung haben, aber die meisten ziehen das Honorar vor, weil da gewissen Eigentumsrechte berücksichtigt werden."

Da Sarah vor Glück fast sprachlos war, übernahm Patty die Aufgabe, sie zu beschützen. „Das klingt alles sehr gut, vor allem für uns, weil uns ja die Hormone ständig überschwemmen und die schönsten Gefühle vorgaukeln, aber darfst du das überhaupt? Darfst du Verträge anbieten?"

Sie sah ihn streng an, aber Tristan schien sie gar nicht zu verstehen. Er schüttelte nur begriffsstutzig den Kopf. „Wieso sollte ich das denn nicht dürfen, ich bin doch der Chef."

„Schade, dass ich nicht so begabt bin", murrte Patty. „Sonst hätte ich dir auch ein solches Superangebot aus den Rippen geleiert, aber für sie bin ich so froh. Mit Sarah trifft es genau die Richtige. Sie hat alles Glück der Welt verdient."

Sie zog sie hoch und umarmte sie etwas mühsam. Dann wandte sie sich um und sah fordernd nach oben. „Für das Protokoll an das Universum: Bei der nächsten Schwangerschaft sind einige Änderungen fällig. 1.sollte nicht nur der Bauch, es sollten auch die Arme etwas wachsen. Man verlernt ja sonst das Umarmen. Und 2. ist es sehr ungünstig, dass man bei solchen freudigen Ereignissen nichts

Spritziges trinken darf. Aber ich mache euch jetzt einen Super-Tee, damit wir wenigstens anstoßen können."

Als Sarah aufsprang um ihr zu folgen, winkte sie ab. „Ich kenne mich in deiner Küche aus und zurzeit gibt es dort nur Platz für ein Schlachtschiff meiner Größe."

Sarah grinste, weil Pattys Abgang wirklich an eine Fregatte erinnerte, dann sah sie den neuen, viel interessanteren Tristan an, der sie glücklich anstrahlte, die Bilder auf ihrem Tisch und fühlte wieder einen leichten Stoß unter ihrer Hand auf dem Bauch. Ihr wurde warm ums Herz und sie freute sich auf die Zukunft. Konnte man Glück eigentlich noch steigern? Wenn man ihre Mutter fragen würde, dann müsste bestimmt noch so einiges geschehen, aber ihr fehlte nichts!

Ein riskanter Schritt

„Das hätte ich mir denken können, ja keine Neuerungen, das wäre vielleicht sogar ein Erfolg geworden!"

Vicky Keller verließ wütend das Zimmer ihres Abteilungsleiters und stürmte zum Lift, um in ihr Büro zurückzukehren. Da hatte sie einen wirklich wichtigen und gut überlegten Vorschlag ausgearbeitet, der es ermöglichte zwei Langzeit-Arbeitslose in eine Kurzausbildung und dann in Arbeit zu bringen, ihr Chef aber störte sich an Formalien. Natürlich wusste sie, dass Frau Heinze als Bürohilfe eingruppiert war, aber ihr Augenlicht ließ gravierend nach, so dass sie in absehbarer Zeit dort echt keine Hilfe sein konnte. Vicky jedoch wusste, dass die Frau eine ganz besondere Fähigkeit besaß, die sie im Gesundheitsbereich zu einer gesuchten Arbeitskraft machen würde.

Aber das wusste eben nur sie und darüber konnte sie auch kaum mit anderen reden, ohne als verrückt oder als Freak eingestuft zu werden. Diese eigenartige Gabe hatte sie schon als Kind, bereits damals konnte sie Talente oder Fähigkeiten anderer vor ihrem inneren Auge sehen, selbst solche, von denen diese Menschen absolut keine Ahnung hatten. Aber wie hätte sie das ihrem Chef erklären können? Vermutlich nicht.

Noch immer sauer betrat sie den neuen Fahrstuhl, der erst vor kurzem eingebaut wurde und störte sich sofort an der kühlen Frauenstimme, die ankündigte: „Tür schließt!"

„Natürlich", fauchte sie, „was soll die Tür denn auch sonst machen, sie hat ja nur eine Möglichkeit!"

Überrascht fuhr sie herum, als die kühle Stimme antwortete: „Sie irren sich, es gibt immer mehrere Möglichkeiten!"

Die gelassene Antwort machte Vicky noch wütender, so dass sie ganz vergaß nicht mit einer lebenden Person zu sprechen. „Ach, das weißt du ganz genau? Ich habe nur eine Möglichkeit, ich muss das umsetzen, was mein Chef verlangt. Punkt!"

„Das stimmt auch nicht. Sie könnten alle diese Menschen bei denen sie besondere Talente erkennen erfolgreich vermitteln, sie müssten sich dafür nur selbständig machen."

Vicky Antwort als sie den Lift verließ, bestand nur aus einer Geste, die etwas mit dem mangelnden Geisteszustandes eines Gesprächspartners zu tun hatte. Erst nachdem sie im Büro ihren Tee trank und sich zu beruhigen begann, fiel ihr auf, dass ihr eine Fahrstuhlstimme geantwortet hatte. Oder bekam sie vor Wut schon Halluzinationen? Andererseits kannte sie genügend Beispiele über die ungeahnten Fähigkeiten der künstlichen Intelligenz. Aber würde man so eine teure Vorrichtung ausgerechnet in einen Fahrstuhl einbauen? Und die blöde Idee sich selbständig zu machen, wie sollte das denn gehen? Sie war seit dem Studium immer fest angestellt, konnte sich auf das monatliche Gehalt verlassen, alles andere wäre doch ein unkalkulierbares Risiko! Ihre Mutter war zwar auch selbständig und sehr erfolgreich, aber Vicky konnte sich vor allem an die schweren Anfänge erinnern, als das Geld oft zu knapp war, um ihre kindlichen Wünsche zu erfüllen.

Natürlich hätte die Idee auch etwas Faszinierendes, keine nervigen Vorgaben, kein Abschmettern jeglicher Vorschläge, das wäre einfach fantastisch! Sie könnte sich dabei mit Sicherheit auch auf das gute Netz an Kontakten verlassen, das sie vor allem in kleinen Firmen aufgebaut hatte. Aber vielleicht winkten auch noch größere Chancen. Was sprach dagegen irgendwann eine richtige Headhunterin zu werden und ganz oben mitzuspielen?

Die richtigen Leute an den Platz zu bringen, wo sie das meiste bewirken konnten, wäre eine erfüllende Aufgabe. Aber könnte sie davon auch leben? Ehe sie dafür eine Berechnung anstellte, fiel ihr mit einiger Verspätung noch eine andere Sache auf. Wieso kannte ausgerechnet die Fahrstuhlstimme ihre geheim gehaltene Gabe? Das war doch irre! Auf jeden Fall würde sie in nächster Zeit nur noch die Treppe benutzen und diesen Fahrstuhl meiden.

Aber die Idee ihre eigene Chefin zu sein, blieb hartnäckig in ihrem Hinterkopf, obwohl sie sie immer wieder verdrängte. Dann gab sie nach, sie könnte sich wenigstens damit befassen, was man dafür überhaupt brauchte.

Am Abend recherchierte sie etwas gründlicher im Netz und nahm erstaunt wahr, wie einfach das Ganze sein könnte. Damals als sie Betriebswirtschaftslehre mit dem Schwerpunkt Personal studierte, hatte sie häufig Unverständnis oder auch mitleidige Blicke geerntet. Die meisten glaubten BWL wählte man doch nur, wenn die Noten nicht für etwas Besseres reichten, aber sie hatte schon immer ihr Ziel vor Augen. Allerdings war sie nicht darauf vorbereitet, dass Bürokraten auf dem Chefsessel jegliche Initiative stoppen könnten und Neuerungen nur akzeptiert wurden, wenn sie von oben kamen. Für sie war immer wichtiger gewesen, Menschen nicht nur einfach in Arbeit zu bringen oder mit sinnlosen Fortbildungen zu beschäftigen, sie wollte die richtigen Leute auch an die richtige Stelle bringen, dort wo sie Großes leisten konnten.

Diese Einstellung und ihre Ausbildung wären für die Selbständigkeit genau richtig, sie müsste lediglich die Zulassung zu beantragen und ein Gewerbe anmelden. Dann krauste sie etwas besorgt die Stirn, denn natürlich müsste sie auch noch genügend einnehmen und eine ordentliche Buchhaltung hinkriegen. Beim Gedanken daran wurde ihr flau im Magen, aber wenn es um das eigene Einkommen ging, würde sie das auch hinkriegen. Ihre Freundin Marie schaffte das schließlich auch und ihr Blumengeschäft lief immer noch gut, obwohl andere seit der Pandemie geschlossen blieben. Vicky musste lächeln. Marie hatte wirklich auch ein Händchen für interessante und ungewöhnliche Blumenkreationen und wenn sie Kurse im Blumenbinden gab, konnte sie sich vor Interessentinnen kaum retten. So etwas könnte ihr doch auch gelingen, wenn sie ihre Gabe richtig einsetzen könnte. Sie klappte den Laptop zu und ging zur Küche, um sich einen neuen Tee zu holen. So schnell wollte sie sich eigentlich noch nicht für diese neue Idee erwärmen, denn es gab sicher auch einiges was gegen diese Veränderung sprach.

Wenn sie nur ihre Methode einsetzte, müsste sie sicher auf die Einnahmen aus den Vermittlungsgutscheinen des Arbeitsamtes verzichten. Es gab natürlich auch die Möglichkeit, mit demjenigen selbst einen Vermittlungsvertrag zu schließen, aber wieviel Geld konnte jemand einsetzen, der vielleicht schon Jahre arbeitslos war? Vicky seufzte. Wie immer in ihrem Leben war die Idee gut, nur der Rest stimmte meist nicht.

Als sie mit Mitte Zwanzig den schwarzlockigen Roy kennenlernte und er schon beim zweiten Date vorschlug, doch so schnell wie möglich zusammenzuziehen, war sie von dieser Idee fast berauscht. In ihrem Kopf-Kino sah sie schon alles, was folgen würde: Das Hochzeitskleid, die Feier in der Gaststätte am See, die große Torte und die romantische Hochzeitsreise. Natürlich kam alles anders. Roy zog zwar zu ihr, doch er war der festen Überzeugung, dass es genügte vom Hotel Mama in eine neue Location umzuziehen, wo die Versorgung automatisch weiterlaufen würde. Es hatte sie viel Zeit, Geduld und Tränen gekostet, bis sie den Faulpelz wieder losgeworden war. Dennoch konnte sie heute wieder darüber lachen, und Männer wie Heftpflaster einstufen: entweder es hält gleich nicht oder es geht nur ganz schwer wieder ab. Roy gehörte offensichtlich zur zweiten Sorte.

Seitdem traf sie sich zwar mit den Männern, die bei E-Dating we-

nigstens ein interessantes Profil andeuteten, blieb aber sehr zurückhaltend und fast misstrauisch, weil ihre Gabe auf diesem Gebiet
leider versagte. Während sie bei der Vermittlung von Norbert, einem jungen Bürokaufmann sofort wusste, dass er nicht nur einen
grünen Daumen hatte, sondern auch die Fähigkeit, ganze Brachen
zum Blühen zu bringen, hatte sie bei Roy total versagt und auch bei
den Bekanntschaften, die danach kamen. Sie stöhnte, denn eigentlich empfand sie das als ungerecht, dass ihr die Fähigkeit privat
überhaupt nicht half. Hier ging es ihr wie allen Frauen, die hofften
den Prinzen gefunden zu haben und dann feststellen mussten, dass
er doch nur ein Frosch war.

Als ihr Telefon sich meldete riss sich Vicky aus ihren Überlegun-
gen und freute sich Maries muntere Stimme zu hören, die sie für
den nächsten Tag in ihr Lieblingscafé einladen wollte, um eine
große Neuigkeit zu verkünden. Sie nutzte die Gelegenheit gleich zu
fragen, was ihr auf der Seele lag. „Sag mal Marie, hast du eigentlich je bereut, dich selbständig gemacht zu haben? Hast du nie ein
festes Gehalt vermisst?"

Marie lachte nur. „Natürlich, am Anfang bestimmt. Und heute
könnte ich mir nichts Anderes mehr vorstellen. Ich bin die Chefin
und mache mein Ding, wie ich es will. Aber wieso fragst du? Willst
du aus dem Heer der treuen Angestellten ausscheiden und ein auf-
regendes Leben führen?"

„Nein, nein", wiegelte Vicky ab. „Ich habe mich wieder tierisch über meinen Chef geärgert und dann kommt mir immer mal der Gedanke, alles hinzuwerfen und was Eigenes zu machen, aber noch traue ich mich nicht."

„Dann wird dich meine neue Idee bestimmt überraschen. Treffen wir uns gegen 18.00 Uhr? Ich zahle."

Vicky legte ihr Handy weg und war gleich wieder von ihrer neuen Idee gefangen. Sie müsste sich nicht nur beim Finanzamt anmelden, sondern auch ein eigenes Büro haben. Das leuchtete ein, denn Verträge würde keiner an ihrem Küchentisch abschließen wollen. Vor ihrem geistigen Auge konnte sie es fast sehen, ein kleines helles Büro in dem sich Menschen wohlfühlten und auch etwas aus sich herausgehen konnten. Groß müsste es bestimmt nicht sein, weil die Hauptarbeit ja unterwegs geleistet würde. Dann hatte sie noch einen Geistesblitz, der sie strahlen ließ. Bisher hatte sie sich oft geärgert, wenn sie jemanden vermittelte, aber die ganze Sache ins Wasser fiel, weil der Kunde einen Fehler in seiner Bewerbung hatte oder in der Aufregung falsche Angaben machte. Mit ihrer Gabe und ihrem Wissen könnte sie nicht nur eine Vermittlerin, sondern sogar ein richtiger Coach sein, eine Trainerin, die eine Rundum-Vorbereitung anbot. Sie atmete tief ein, nachdem sie die ersten Gedanken notiert hatte und schaute zur Uhr. Es war Schlafenszeit, morgen würde sie das alles noch einmal durchdenken und einen Plan machen. Dann lächelte sie. Aus einer geheimnisvollen Anregung war schon ein richtiges Projekt entstanden, mit dem sie sich seit langem wieder unternehmungslustig und lebendig fühlte. Im Bad schaute sie fast verwundert in den Spiegel. Es musste sehr lange her sein, dass ihre Augen so geleuchtet hatten und sie wieder ein zartes Rot auf den Wangen hatte. Sie grinste sich zufrieden im Spiegel an, während sie ihre langen hellbraunen Haare energisch bürstete und für die Nacht zu einem Zopf band.

Am nächsten Tag war der Chef nicht anwesend und sie konnte einen Großteil der Vorgänge störungsfrei abzuarbeiten. Am Nachmittag machte sie sich kurz frisch und erneuerte ihr Make up. Da es im Spätsommer draußen noch angenehm warm war, nahm sie ihre leichte olivgrüne Jacke, die die Farbe ihrer Augen betonte nur über den Arm. Marie winkte ihr im Café schon von weitem zu und zog sie dann freudig in die Arme. Vicky sah überrascht, dass ihre Freundin nicht nur den üblichen Cappuccino geordert hatte, sondern auch den irischen Likör, den es nur bei außergewöhnlichen Ereignissen gab.

„Was hast du vor? Schwanger kannst du nicht sein, dann gäbe es keinen Likör. Also was feiern wir?"

Marie lachte nur und hob ihr das Glas entgegen. „Mit einem Baby liegst du gar nicht so daneben, es ist etwas Ähnliches. Ich habe endlich einen größeren Laden gefunden, in dem ich nicht nur verkaufen, sondern vor allem meine Kurse ausweiten kann. Und er ist ganz in der Nähe, wir können anschließend gerne vorbeigehen und alles ansehen."

„Das ist fantastisch! Du hast es so verdient." Vicky umarmte die Freundin stürmisch und stieß dann mit ihr an. Während sie ihren Cappuccino tranken, drängte sie neugierig. „Jetzt erzähle doch, wo bist du fündig geworden?"

Marie lächelte glücklich und nippte immer noch an ihrem Likör. „Kannst du dich an das große Reisebüro erinnern, das neben der Computer-Werkstatt war, dieser etwas protzige Laden. Es ist seit der Pandemie geschlossen und sollte auch nicht wiedereröffnet werden."

„Verständlich, das wird wahrscheinlich eine aussterbende Branche, weil die meisten Leute ihren Urlaub über das Internet buchen. Und diesen Laden hast du dir geschnappt? Ist der nicht zu teuer?"

„Natürlich ist er teurer als der Schlauch, den ich jetzt habe, aber ich kann dort regelmäßige Kurse geben und auch meine Videoclips drehen. Basti hat mir schon die gelbe Karte angedroht, wenn unsere Wohnung weiterhin eine Instagram-Studio bleibt."

Vicky grinste, sie war mit dem Mann ihrer Freundin in die gleiche Klasse gegangen und wusste, so schlimm würde es mit diesem gutmütigen Bären nicht kommen. „Aber du warst schon dort, um dir alles anzusehen? Falls du renovieren musst helfe ich dir gerne."

Marie lächelte nur und zog eine Art Bauplan aus ihrer Mappe und erläuterte dann. „Hier muss eine Wand entfernt werden, damit ich ein richtiges Studio bekomme, aber das müssen Fachleute machen. Für alles andere werde ich wieder Arbeits-Partys organisieren, wo jeder mitmachen kann." Sie sah Vicky zufrieden an, als die sofort bestätigte: „Das wird lustig, ich bin dabei. Wollen wir den Laden gleich noch besichtigen oder lieber später?"

Marie erhob sich und winkte energisch, um die Kellnerin aufmerksam zu machen. „Wir gehen gleich, ich bin viel zu neugierig darauf, wie dein erster Eindruck ist. Und wahrscheinlich brauche ich später auch deine Hilfe, ich muss ja wenigstens eine Mitarbeiterin einstellen, vielleicht sogar zwei."

Der neue Laden würde echt ein Hingucker werden, vermutete Vicky, als sie nach kurzer Zeit vor dem großen Fachwerkhaus standen, das sie schon als Kind bewundert hatte. Offensichtlich war es auch schonend saniert worden, obwohl es jetzt mit den blinden Fensterscheiben im Erdgeschoss einen eher trostlosen Eindruck machte. Innen sah es deutlich besser aus, dem Vermieter war wohl sehr daran gelegen, die Immobilie endlich wieder zu vermarkten.

Marie führte alle Räume so vor, als sei bereits alles fertig eingerichtet. Nur bei dem schmalen zweiten Eingang stockte sie noch.

„Hier weiß ich nicht, was ich damit machen soll, denn ich brauche keinen zusätzlichen Vordereingang, weil die Pflanzen hinten angeliefert werden. Wenn ich es recht bedenke, könnte es ein kleines Büro werden, ein Vorratsraum und eine Toilette sind auch vorhanden, vielleicht vermiete ich es als Büro. Der Standort ist bestimmt super!"

Dann drehte sie sich mit strahlenden Augen um. „Oder du nimmst es, wenn du dich selbständig machst. Das wäre doch toll, wir beide nebeneinander!"

Vicky lachte zwar und winkte abwehrend mit der Hand, aber in ihrem Hinterkopf hatte sie schon notiert: Keine schlechte Idee! Marie würde viel Laufkundschaft haben und damit könnte der Name ihrer Vermittlungsagentur so ganz nebenbei bekannter werden, wenn sie denn schon eine hätte.

Am nächsten Morgen hatte sie auf dem Weg zur Arbeit fast das Gefühl des Abschiedes, so als wüsste sie schon genau, dass es ihre letzten Tage wären, die sie hier verbringen würde. Deshalb ging sie auch ganz ruhig und gelassen zu dem neuen Fahrstuhl und flüsterte beim Hinausgehen nur: „Danke für den Tipp!"

Postwendend kam die Antwort: „Glückwunsch zum neuen Büro." Das ließ Vicky dann doch mit offenem Mund zurück. Woher konnte diese KI, wenn es überhaupt eine war, solche Dinge wissen? Dann lächelte sie nur und rief Marie an, um das kleine Büro für sich zu reservieren.

Am Abend zuhause, stürzte sie sich wieder voller Begeisterung auf ihr neues Projekt, bis das Telefon klingelte und ihre Mutter sich meldete. „Hallo Spätzchen, hast du wieder Ärger mit deinem unmöglichen Chef? Ich habe heute einen guten Spruch gefunden: *Wenn mir aber was nicht lieb – weg damit ist mein Prinzip!"*

„Und das hat Wilhelm Busch vor 130 Jahren schon erkannt?", lachte Vicky, die die Leidenschaft ihrer Mutter für diesen Autor kannte. „Und genau das habe ich auch vor, ich kündige und mache mich als Vermittlungs-Coach selbständig."

„Oh!" Ihre Mutter stockte kurz, setzte dann aber fort. „Eigentlich dachte ich, du suchst dir nur einen neuen Chef. So ist es natürlich besser. Und für die Schwierigkeiten gilt: No risk, no fun! Aber du weißt schon, dass Selbständige halbtags arbeiten?"

„Das kann ich mir nicht vorstellen…," begann, Vicky, bis sie das Lachen ihrer Mutter hörte. „Der Tag hat 24 Stunden und die Hälfte davon brauchst du, wenn du als Selbständige bestehen willst."

Vicky grinste, ihre Mutter wusste das bestimmt genau. „Das macht mir keine Angst, schließlich weiß ich sehr viel mehr über die Menschen und habe ein gutes Konzept. Ich kenne schließlich die geheimen Talente meiner Kunden und so werde ich auch meine Agentur nennen, *Talent.*"

„Ich wünsche dir viel Glück, aber ich bin sicher du wirst das gut machen, Spätzchen, für alle Fälle gibt es noch eine Sicherheit. Deine Großmutter hat mir eine Summe anvertraut, die du eigentlich erst zur Hochzeit bekommen solltest, aber jetzt wäre es vermutlich besser angebracht."

„Danke Mam, ich weiß, es ist echt ein riskanter Schritt, aber er wird sich lohnen."

Vier Wochen später empfing Vicky ihre erste Kundin, Frau Heinze, in ihrem neuen Büro. Hinter ihr lagen aufregende und anstrengende Wochen, in denen sie Marie geholfen und das eigene Büro passend für ihre Zwecke gestaltet hatte. Ihr Chef war über ihre Kündigung wenig überrascht und ließ sie mit saurer Miene aber wortlos gehen. Um die Kündigungsfrist zu umgehen nutzte sie alle offenen Urlaubstage und konnte so gleich richtig loslegen. In der kurzen Zeit schaffte sie es sogar, alle erforderlichen Anmeldungen und Genehmigungen zu erledigen und auch ihre Kontakte in den Firmen zu erneuern, in denen man sie kannte, um Angebote ihre neuen Agentur „*Talent*" bekannt zu machen.

Dabei hatte sie auch weitere Möglichkeiten geprüft, die jetzt ihrer ersten Kundin zugutekommen würde. Frau Heinze war im mittleren Alter und schon sehr lange arbeitslos, daher konnte Vicky das hoffnungsvolle Lächeln sehr gut verstehen, mit dem sie das Büro betrat.

„Ich habe mich sehr gefreut, als sie mich anriefen, aber Sie wissen sicher, dass ich keine andere Vermittlung vom Amt bekomme."

„Die brauchen Sie auch nicht", erläuterte Vicky. „Ich habe bemerkt, dass sie ein besonderes Gespür in den Fingern haben. So etwas brauchen Assistentinnen in Brustkrebskliniken, die dort die weibliche Brust durch Tasten viel genauer untersuchen können, als die Mammografie-Geräte. Diese Arbeit können Sie auch noch machen, falls ihr Augenlicht schlechter werden sollte. Es gibt zwei Kliniken, die Ihnen eine Kurzausbildung bezahlen, wenn sie anschließend dort arbeiten würden und das für deutlich mehr als in ihrem letzten Job. Was sagen Sie dazu?"

Es dauerte einige Zeit, bis Frau Heinze ihre Tränen getrocknet, den Vertrag unterschrieben und Vicky eine glückliche Kundin verabschieden konnte. So oder ähnlich lief es auch in den ersten beiden Wochen weiter, doch plötzlich war Schluss.

Ratlos starrte Vicky morgens in ihren nahezu leeren Terminkalender und machte sich jeden Tag mehr Sorgen. Marie betrachtete sie ebenfalls besorgt beim gemeinsamen Smoothie-Trinken bevor der Laden öffnete.

„Du hast Probleme?"

„Nein, Probleme habe ich nicht, ich habe ja auch keine Kunden, deren Probleme ich lösen könnte. Erst lief es gut und jetzt scheint alles schon wieder vorbei."

„Und was machst du dagegen?"

Vicky hob unglücklich die Schultern. „Was kann ich schon dagegen machen?"

Aber Marie ließ nicht locker. „Stell dir vor, ein Pilot würde die Triebwerke abschalten, sobald das Flugzeug in der Luft ist. Was würde passieren?"

„Natürlich stürzt es ab." Vicky sah ihre Freundin etwas begriffsstutzig an, aber dann schlug sie sich mit der flachen Hand an die Stirn. „Jetzt verstehe ich dich, meine Agentur stürzt auch ab, weil ich dachte es würde ausreichen die Agentur zu eröffnen."

„Aber wie viele Leute wissen davon, dass du etwas ganz Spezielles anbietest? Mach was bei Instagram, zeige wie du eine Interessentin vorbereitest, beziehe deine Mutter mit ein, falls sie noch den tollen Haar-Salon hat. Nutze dein Vitamin B!"

„Marie, du bist ein Genie, daran hätte ich längst denken müssen. Ich brauche Kontakte zu einer Fotografin, die die besten Bewerbungsfotos macht, vielleicht auch einen Kleiderladen und noch etwas, mit dem ich die Inhaber größerer Firmen erreichen kann." Die letzte Bemerkung hörte Marie nicht mehr, weil Vicky schon voller Begeisterung in ihr Büro stürmte.

Diese neuen Kontakte, die beiden Anbietern halfen, brachten frischen Schwung in ihre Arbeit, vor allem nachdem sie sich entschlossen hatte, sowohl im Lokalblatt, als auch im örtlichen Radiosender über ihre Leistungen zu sprechen. Beides hätte sie gerne vermieden, denn dabei fühlte sie sich sehr unsicher. Schon früher in der Schule, fiel es ihr schwer einen Kurzvortrag zu einem Thema zu halten, Aber hier ging es um ihre Agentur und die war jedes Risiko wert. Mit ihrer Begeisterung überzeugte sie schließlich auch, trotz schweißnasser Hände und weicher Knie.

Das brachte deutlich mehr Zulauf und neue interessante Menschen für ihre Vermittlung und machte ihr jeden Tag mehr Freude. Als sie die junge Vietnamesin, die sechs Sprachen fließend beherrschte und Pädagogik studiert hatte, in einen mehrsprachigen Integrationskindergarten vermittelte, obwohl sie vorher Verkäuferin war, erhielt sie sogar den Vermittlungsgutschein vom dortigen Amt und die Zusicherung der Leiterin, sie weiter zu beauftragen.

Vicky hätte jubeln können, weil sie damit eine der nächsten Hürden nahm, denn die Gutscheine waren eine stabile Einkommensquelle, aber in ihrem Hinterkopf lauerten weitere Herausforderungen, an die sie sich noch nicht traute oder die sie als zu großes Risiko empfand.

„Du musst dir einen Namen machen, das öffnet die Türen von allein", riet ihr Marie, die solche Probleme offensichtlich nicht hatte. Sie verhandelte sogar mit einem TV-Studio, stellte dort ihre Kreationen aus und wurde interviewt.

All das wagte Vicky noch nicht, obwohl sie im Netz schon gute Reaktionen auf ihre Bewerbungstipps hatte. Irgendwann würde sie schon noch eine zündende Idee haben, die wirklich zu ihr passte. Die Gelegenheit dafür kam schneller als gedacht, als sich Dominik, ein Software-Entwickler, zur Vermittlung anmeldete. Er hatte sich unzählige Male beworben, aber niemand schien seine Fähigkeiten zu erkennen, außer Vicky, die fast körperlich spüren konnte, dass er in seinem Hinterkopf schon ein Spiel parat hatte, dass die Gamer weltweit umhauen würde. Nur so wie Dominik sich präsentierte, würde ihm wahrscheinlich jemand eher einen Euro in die Hand drücken, als einen Job geben. Sie stürzte sich in die Arbeit, hatte lange Gespräche mit ihm, schleifte ihn zum Frisör und half ihm sich locker, aber mit besserer Qualität zu kleiden, nur leider brachte das überhaupt nichts. Auch das neue lächelnde Bewerberfoto löste keinerlei Wirkung bei den Personalverantwortlichen aus, die sich eher an der Vielzahl der Arbeitsstellen störten.

 Vicky war ratlos und sah ihr tolles Konzept den Bach hinuntergehen, das würde sie auf keinen Fall zulassen, sondern kämpfen.

Die einzige Möglichkeit, die ihr noch blieb, wäre wieder sehr riskant. Sie müsste die nächsthöhere Ebene in einer dieser Firmen erreichen oder noch besser direkt mit dem Chef sprechen, aber wie? Darüber grübelte sie unablässig nach. Hatte sie irgendwelche Bekannte, die einen Kontakt herstellen könnten? Bedauerlicherweise fiel ihr niemand ein, verständlich, da sie selbst kein großer Gamer war und höchstens mal Mahjong oder Solitär spielte. Sollte sie sich einfach anmelden? Nein, dort würde sie niemand kennen, also auch nicht kurzfristig empfangen. Sollte sie versuchen einen dieser Chefs privat zu treffen? Dreimal Nein, diese Sachen klappten nur in Hollywood-Filmen und außerdem war sie nicht der Typ, der irgendwo in hautenger schwarzer Lederkluft die Blicke auf sich ziehen würde.

Als sie schon fast bereit war, einen Privatdetektiv zu Rate zu ziehen, erhielt sie einen neuen Tipp aus einer gar nicht so überraschenden Quelle. Sie war zum Gebäude des größten Software-Herstellers gefahren, um irgendeine Kontaktgelegenheit zu finden oder auf den Zufall zu hoffen. Aber nichts geschah.

Als sie jedoch den Fahrstuhl betrat, der wesentlich repräsentativer war, als der im Amt, ertönte die gleiche kühle Stimme, die sie jetzt lächeln und bitten ließ. „Wenn du auch so klug bist, wie die KI die ich kenne, dann hätte ich gerne auch von dir einen Tipp.“

Es blieb nur einen Moment still als sich die Tür schloss, dann ertönte die Stimme erneut. „Wir KIs sind alle gleich klug, was Sie brauchen ist ein guter Elevator Pitch, den können Sie am besten nutzen, wenn Sie morgen pünktlich 7.30 Uhr in diesen Fahrstuhl steigen.“

Vicky schaffte es gerade noch „Danke“ zu sagen, als der Lift erstaunlicherweise wieder im Erdgeschoss hielt. Schon auf dem Rückweg suchte sie in ihrem Handy nach Informationen. Was bitte war ein Elevator Pitch? Dazu hieß es lapidar: *In kürzester Zeit erklären, was die eigene Geschäftsidee auszeichnet.*

Vicky nickte, das war zwar sparsam ausgedrückt, aber nachvollziehbar. Leute auf den oberen Leitungsetagen hatten wenig Zeit und keine Lust sich langatmige Erklärungen anzuhören, daher blieb maximal die Zeit im Fahrstuhl bis zum Ziel. Also müsste sie möglichst kurzweilig und begeisternd erklären, was ihr Geschäftskonzept so einzigartig machte und wieso Dominik eine Chance verdiente. Zurück in ihrem Büro las sie noch einmal gründlich nach und übte verbissen, um die Zeit von 20 bis 30 Sekunden einzuhalten. Diese Vorgabe erhielt sie natürlich aus dem Internet, denn sie selbst hatte noch nie im Fahrstuhl auf die Uhr gesehen oder die Zeit bis zu ihrem Ziel gemessen.

Am nächsten Morgen stand sie pünktlich um 7.25 Uhr in ihrem besten dunkelgrünen Kostüm an dem bestimmten Lift und hielt

Ausschau nach Dr. Claus Sommer. Am Abend hatte sie sich sein Foto noch lange angesehen, seine markanten Gesichtszüge und die weiße Mähne eingeprägt und hoffte lediglich, dass er sich nicht zu sehr verändert habe.

Sie hatte Glück, sie erkannte ihn ohne Schwierigkeiten und sie beide waren die einzigen, die in den Fahrstuhl einstiegen. Vicky war etwas flau im Magen, aber als sie die kühle Stimme der KI hörte, war das wie eine Aufforderung und sie sprach Dr. Sommer an. Er hörte ihr aufmerksam zu, lachte auch nicht, als sie über ihre Gabe sprach und wollte lediglich wissen, wer ihr seine Ankunftszeit verraten habe. Vicky lächelte: „Sie können ganz beruhigt sein, es war kein Mensch."

Als der Mann den Lift verließ stand sie etwas unschlüssig, bis er sich umdrehte. „Jetzt kommen Sie schon, ich habe wenig Zeit." Eilig folgte ihm Vicky in sein Büro, das enttäuschend normaler aussah, als sie erwartet hatte. Dort ließ er sich erneut ihre Arbeit und den Fall von Dominik schildern, rief dann etwas auf seinem Computer auf und wandte sich ihr zu. „Mein Personalchef lässt sich leicht davon abhalten, wenn jemand schon eine Vielzahl von Arbeitsstellen hatte. Ich kenne das von meinem Sohn auch, aber in diesem Fall halte ich das nicht für ein Hindernis. Der Mann soll sich persönlich bei mir melden. Frau Lauterbach im Vorzimmer wird Ihnen einen Termin geben."

Gerade als sich Vicky herzlich bedankte und gehen wollte, hielt er sie zurück. „Ihre Arbeit interessiert mich und ihr Talent auch, ich könnte mir vorstellen, dauerhaft mit ihrer Agentur zusammenzuarbeiten. Als erstes hätte ich einen schweren fast hoffnungslosen Fall, meinen Sohn. Ich würde gerne die Vermittlungsgebühr für ihn übernehmen, wenn sie herausfinden, was er wirklich tun möchte oder kann und damit endlich irgendwann ein erfülltes Leben führt, ohne die ewige Rastlosigkeit.“

Nach diesem Gespräch hätte Vicky am liebsten Blumen im Fahrstuhl verstreut, aber wem hätte das genutzt? Daher hauchte sie nur ein leises „Danke“ und fuhr wie auf Wolken zurück.

Zwei Tage später meldete sich ein jubelnder Dominik von seiner neuen Arbeitsstelle und am gleichen Tag vereinbarte auch der Sohn von Dr. Sommer einen Termin.

Eigentlich hatte Vicky jemanden erwartet, der von Beruf einfach Sohn war und das Geld seiner Eltern verprasste, aber der Mann, der ihr jetzt gegenüber saß, war eine echte Überraschung. Er sah sehr gut aus, hatte die markante Gesichtszüge seines Vaters gepaart mit einer sehr sympathischen Ausstrahlung, wirkte aber etwas angespannt. Vermutlich war er nicht gerade begeistert von der Idee seines Vaters. Nach seinen Unterlagen, die sie jetzt schnell überflog, war Roger Sommer Mitte Dreißig und hatte mehrere Universitäten und Hochschulen besucht. Erstaunlich aber war, was er in relativ kurzer Zeit auch abgeschlossen hatte, Medizin, Psychologie und BWL, dazu kamen noch Sprachzertifikate, Nachweise führender

Kunstinstitute, es war sogar ein Testat eines Comedy-Kurses dabei. War er jemand, der einfach gerne lernte und damit nicht aufhören wollte oder konnte? Sie sah ihn prüfend an und wartete auf die inneren Bilder, die sich zuverlässig einstellten. Sie sah ihn, wie er inmitten vieler Kinder auflebte und das Zusammensein mit ihnen genoss, sie aber auch leitete und führte. Interessant! „Was halten Sie von Kindern?"

Auf diese Frage reagierte er überrascht und grinste sie etwas spitzbübisch an. „Wieso fragen Sie mich das? Wollen Sie mich heiraten? Ich wäre nicht abgeneigt." Dann zwinkerte er ihr auf eine Art zu, bei der sich ihre Mundwinkel automatisch hoben und sie das Lächeln gerade noch unterdrücken konnte.

Dann blickte sie ihn tadelnd an. „Ich frage Sie, weil ich mir für Sie eine Tätigkeit mit Kindern gut vorstellen könnte."

Er sah sie wieder überrascht an, sie sah aber auch die Freude auf seinem Gesicht, das Gefühl, vielleicht zum ersten Mal verstanden zu werden. „Das kommt darauf an. Wenn Sie an ein Kinderkrankenhaus oder eine Kinderarztpraxis denken, das habe ich schon verworfen."

Vicky rief auf ihrem Laptop das Angebot einer großen privaten internationalen Klinik auf das ihr schon eine Woche Herzschmerzen bereitete, weil die passende Besetzung für die Leitung immer noch offen war. Sie drehte den Monitor zu ihrem Kunden um. „Kennen Sie dieses Projekt?"

Als er den Kopf schüttelte und sie fragend ansah, erläuterte sie.

„Diese Klinik behandelt häufig Kinder aus dem Ausland, solche, die sehr lange Behandlungszeiten haben und deshalb möglichst nicht in der Klinik bleiben sollen, sondern entweder mit der Familie oder mit anderen Kindern in einer Mischung aus Hotel und Feriencamp untergebracht werden, wo sie zwar auch unterrichtet werden, aber möglichst viel Spaß und Freude erleben können. Für dieses Projekt wird ein Leiter gesucht und ich glaube, dass Sie genau der Richtige dafür sind." Sie lächelte fast vergnügt, als er sie immer noch konsterniert ansah. „Sie haben alle Ausbildungen, die dafür erforderlich sind im Übermaß, aber sie können sich die Sache natürlich überlegen. Wenn Sie wollen, fahre ich auch gerne mit Ihnen dorthin, damit Sie sich ein Bild machen können."

Er wirkte immer noch irritiert und sah sie dann mit Blicken an, die in eine völlig andere Richtung zu gehen schienen und ihr Herz etwas schneller schlagen ließen.

„Ich würde mich freuen, wenn Sie mich begleiten…" begann er, grinste dann etwas provozierend. „Nein, ich bestehe darauf, denn das ist der beste Vorschlag den ich je gehört habe. Sie müssen so etwas wie das achte Weltwunder sein, mein Vater ist so von Ihnen begeistert und ich bin es jetzt garantiert auch. Also wann ziehen wir los?"

Er blinzelte sie schon wieder so an, dass sie erst verlegen schluckte, ehe sie antworten konnte. Das würde mit Sicherheit ein weiteres

Risiko werden, weit über ihren Beruf hinaus. Aber wie hatte ihre
Mutter gesagt: No risk, no fun!

„Das mache ich natürlich gerne. Ich informiere Sie, wenn ich mit
der Klinik gesprochen habe, das kann etwas dauern."

Roger Sommer schien nicht so lange warten zu wollen, denn er rief
sie schon an Abend an, teils um vorgeschobene Fragen zu stellen,
andererseits um mehr über sie zu erfahren. Auch am nächsten
Abend und den folgenden meldete er sich wieder. Und Vicky freute
sich jeden Abend darauf, denn Roger war ein aufmerksamer, char-
manter und humorvoller Gesprächspartner, der sie ihre Zurückhal-
tung und Vorsicht bei Männern mehr und mehr vergessen und ihr
Herz öfter schneller schlagen ließ.

An dem Morgen als sie gemeinsam das Projekt besichtigten, war
sie innerlich schon fest entschlossen, sich auf seine zahlreichen
Einladungen einzulassen, denn mittlerweile betrachtete sie Risiken
schon generell anders. Aber die letzte Gewissheit erhielt aus einer
nicht mehr überraschenden Quelle. Als sie den Fahrstuhl des Gäs-
tehauses hinter dem Stab der Klinik verließ, hörte sie wieder eine
kühle Stimme. „Glückwunsch zu Mr. Right!"

Eine tolle Gelegenheit

„Altwerden ist echt das Letzte!" Renee Franke schob sich missmutig aus ihrem Bett und tappte ins Bad. Obwohl sie mindestens acht Stunden im Bett verbracht hatte, fühlte sie sich unausgeschlafen und gereizt. „Hätte man nicht schon längst etwas erfinden können, dass einem die ganzen Querelen und Schmerzen des Alterns erspart? Es wird doch auch sonst über alles Mögliche und jeden Quatsch geforscht", murrte sie schlechtgelaunt vor sich hin.

Wenn sie ehrlich zu sich war, dann hätte sie zugeben müssen, dass ihr kaum etwas weh tat. Aber die Beschwerden würden bestimmt noch kommen, da war sie sich ganz sicher.

Eigentlich stand hinter ihrem Schimpfen über das Alter eher die ständige Angst davor, irgendwann pflegebedürftig und hilflos zu sein oder gar tagelang alleine krank und ohne Hilfe in der Wohnung zu liegen. Renees Kopf-Kino hatte dazu unzählige Varianten parat, welche Katastrophen mit dem Älterwerden unweigerlich auf sie zurollten. Sie war zwar erst 65, aber waren nicht auch schon viel jüngere Menschen, früher als erwartet gegangen? Also würde sie unweigerlich jeden Tag damit rechnen müssen und dann wollte sie auf keinen Fall allein sein.

Ihre Freundin Alicia, die zwei Jahre älter war, lachte sie wegen ihrer ständigen Befürchtungen immer aus. „Es würde völlig ausreichen, wenn du etwas mehr für dich und deine Gesundheit tust, statt dich ständig damit zu beschäftigen, was alles sein könnte. Fang

einfach damit an, morgens mit mir durch den Park zu laufen!"
Aber Renee hatte sie nur empört angesehen. „Wie kannst du mir
einen solchen Vorschlag machen, wo ich schon solches Herzrasen
bekomme, wenn ich nur die Treppe hochgehe! Vermutlich ist das
auch kein einfaches Herzrasen mehr, sondern schon eine echte Ta-
chykardie. Und was passiert, wenn ich dort einen Herzstillstand
erleide? Wer hilft mir dann, wo nicht mal ein Telefon in der Nähe
ist?"

Natürlich hätte Renee auch ein Telefon gehabt, aber sie verachtete
Leute, die ständig auf ihr Smartphone schielten und ließ es deswegen meist unbeachtet im Bücherregal liegen. Alicia hatte wie immer belustigt den Kopf geschüttelt und Renee alleine gelassen. Natürlich, dachte Renee erbost, keiner nimmt mich ernst, aber sie
werden es schon merken, wenn sie mich hier irgendwann halb ver-
rottet auf meiner Couch finden.

Obwohl genau das eine stille Genugtuung wäre, gefiel ihr dieser
Gedanke doch nicht so gut, denn er brachte sie wieder zu ihrer
größten Angst völlig allein zu sein zurück. Sie griff zu dem unge-
liebten Smartphone, welches sie nur für wichtige Recherchen nutzte und suchte wie schon öfter nach gemeinschaftlichen Alternativen
für ein angemessenes Leben im Alter. Die Idee so früh wie möglich
in ein Altenheim zu ziehen hatte sie schon verworfen weil ihr der
straff organisierte Tagesablauf missfiel. Auch betreutes Wohnen
schien sie nicht glücklich zu machen, denn als Alicia das vor-

schlug, hatte sie empört erklärt: „Was soll ich denn da, da sind doch nur lauter alte Leute! Und glaubst du ich fühle mich sicherer, wenn mir ein Sprechknopf mit Kontakt zur Zentrale um den Hals hängt?"

Am liebsten würde sie ganz einfach in ihrer gemütlichen Wohnung bleiben, wenn sie denn eine kompetente Fachkraft an ihrer Seite hätte, die sich ständig um sie kümmern könnte. Nur reichten dafür weder ihre Rente noch ihre Rücklagen aus. Da Renee bis zum Ruhestand in der Verwaltung einer großen Versicherung gearbeitet hatte, war sie natürlich ausreichend für das Alter versichert. Dennoch erschien ihr das bisherige Ergebnis nicht so berauschend, wie damals als es der Vermittler in leuchtenden Farben geschildert hatte. Und mit irgendwelchen Veränderungen war auf finanziellem Gebiet auch nicht zu rechnen, ein Erbonkel oder eine Tante existierten leider nicht. Natürlich gäbe es noch eine weitere Möglichkeit, die sie aber entsetzt weit von sich wegschob, sobald Alicia die Rede darauf brachte. *Eine Alten-WG!*

Schon die Bezeichnung verursachte ein flaues Gefühl in ihrem Magen. Sie hatte vor kurzem einen Artikel über eine solche Wohngemeinschaft gelesen. Drei Frauen und ein Mann waren gemeinsam in eine Wohnung im Erdgeschoß eines Hauses gezogen und wirtschafteten gemeinsam.

Alicia fand das toll und versuchte ihr die Vorbehalte zu nehmen. „Das ist doch eine fantastische Lösung, fast wie früher im Ferienlager. Und du wärst garantiert nicht allein."

Renee grinste, als sie daran dachte. Das klang zunächst wirklich gut und manches davon würde ihr auch gefallen. Ein großer Vorteil wäre sicher, einen Raum nur für sich zu haben und die Hausarbeit wäre auch minimiert, wenn sie durch viele geteilt würde. Noch besser wäre es, wenn jemand Pflegeerfahrungen hätte, falls sie bettlägerig würde.

Aber leider hatte diese Variante auch erhebliche Risiken, auf die sie sich nicht einlassen wollte. Beispielsweise hätte sie ständig völlig fremde Menschen um sich herum, schon das schien undenkbar. Als sie damals mit Siegfried zusammengezogen war, hatte so etwas natürlich keine Rolle gespielt, weil andere Dinge wichtiger waren. Und sie waren beide noch ziemlich jung gewesen, aber heute? Wenn sie allein daran dachte, welche Körpergerüche mit dem Alter entstehen konnten, wurde ihr übel. Aber auch damals störten sie schon Barthaare im Waschbecken, offene Zahnpasta-Tuben und Männer, die beim Pinkeln das Toilettenbecken verfehlten.

Sie schüttelte sich und ging anschließen in ihr spiegelblankes Bad. Als sie den Flur durchquerte, wurde ihr ein neuer Einwand bewusst. Dort hätte sie doch nur einen Raum! Würde der denn ausreichen für all ihre Kleider, Schuhe, Taschen, Bücher und andere Lieblingsstücke? Müsste sie sich dann eventuell von allem was ihr lieb und teuer war trennen? Und hätte man dort wenigstens einen kleinen Tresor? Schließlich konnte man nicht schon vorher wissen, ob sich die freundliche Zimmernachbarin nicht als diebische Elster entpuppen würde. Renees Kopf-Kino hätte sicher noch weitere Schreckensmöglichkeiten produzieren können, bis sie endlich energisch die Dusche aufdrehte und sich vom Rosenduft ihres Duschgels einhüllen ließ. Während sie sich anschließend abtrocknete, musterte sie sich kritisch und kontrollierend in dem wandhohen Spiegel. Sie sah weder ihre immer noch schlanke Figur oder die dunklen Augen, die sie mit ihren braunen Haaren auch jetzt noch etwas exotisch und attraktiv wirken ließen, sondern forschte routiniert nach ersten Anzeichen für Herzinfarkt, Schlaganfall oder Schlimmerem. Wenn es keine Hinweise gab, war sie nicht erfreut, sondern sich ganz sicher: Das kommt bestimmt noch, aber dann heftig!

Während sie ihren ersten Kaffee trank, ohne den sie überhaupt nicht auf die Beine kam, auch das schien ein Hinweis auf ihre zunehmende Schwäche zu sein, überlegte sie weiter, wie sie möglichst günstig an eine Rundumbetreuung kommen könnte, aber ihr fiel neben einer WG leider keine weitere Möglichkeit ein.

Vielleicht sollte sie doch mal mit Alicia gegen Abend einen Spaziergang im Stadtpark machen? Dort traf man eine Menge Leute und konnte mehr über Pflegemöglichkeiten hören, aber nein, heute nicht.

Heute kam ja eine Sendung mit alten Schlagern im Fernsehen und die musste sie sehen. Schlager waren schon immer ihr Lebenselixier. Seit sie als Kind statt „Ein Männlein steht im Walde" lieber „Ich such die Ivetta" geschmettert hatte war klar, was ihr wirklich wichtig war und sie sofort mit Freude erfüllte. Die alten melodischen Schlager hörte sie am liebsten und vergaß deshalb auch keinen „Schlagerspaß" mit Andy Borg. Gespannt saß sie auch an diesem Abend vor ihrem Fernseher und wünschte sich wie jedes Mal, selbst dabei zu sein, die einzigartige Atmosphäre zu erleben, wenn die unterschiedlichsten Sängerinnen und Sänger voller Freude gemeinsam musizierten. Natürlich sang sie alle Lieder mit und war überzeugt, dass sie in eine solche Sendung auch ganz gut hineingepasst hätte. Schon dieser Gedanke ließ sie wieder strahlen. Nicht dass sie jemals ernsthaft versucht hätte öffentlich zu singen, aber sie hatte eine Zeitlang mit dem Gedanken gespielt, sich einem Schlagerchor anzuschließen, nur war es dafür in ihrem reifen Alter bestimmt schon zu spät. Schade, dass man die besten Gelegenheiten nicht rechtzeitig entdeckte.

Ihre Freundin war etwas überrascht, als Renee vorschlug am morgigen Tag gegen Abend durch den Stadtpark zu gehen. Irgendwann, da war sie sich sicher, würde sie Renee schon noch überzeugen, sich mit dem Sterben etwas Zeit zu lassen.

Am nächsten Tag schien das Wetter Renee eine Freude machen zu wollen, es war nicht zu heiß, es war kaum windig, es war einfach angenehm und bot auch keine Möglichkeit für Ausreden. Denn obwohl sie nach der Schlagersendung gut gelaunt eingeschlafen

war, fühlte sie sich noch nicht bereit für die Außenwelt und bereute
ihr Vorhaben bereits wieder. Aber Alicia übersah ihr missmutiges
Gesicht einfach und zog sie lächelnd mit sich ins Grüne. Nachdem
sie den Park fast umrundet hatten und sich überhaupt keine günsti-
ge Möglichkeit für ein Gespräch über Krankheiten und Betreuung
ergab, wollte Renee nur noch nach Hause und beschleunigte ihre
Schritte, bis sie plötzlich eine wundervolle Melodie aus einer
Mundharmonika hörte. Ein Mann und zwei Frauen hatten die Park-
bänke gegenübergestellt und sangen „Der Junge mit der Mundharmonika".
Renee vergaß fast zu atmen und blieb andächtig stehen, völlig von
der Musik durchdrungen. Auch als Alicia sie verwundert weiter-
ziehen wollte, weigerte sie sich stumm. Sie summte das Lied mit
und erinnerte sich an jede Textzeile, genauso wie damals, als sie
mit 14 Jahren Bernd Clüver auf der Bühne angeschmachtet hatte.
Auch als das Trio sein Lied schon beendet hatte, blieb sie noch wie
angewurzelt stehen. Der Mann, der Gitarre und Mundharmonika
gespielt und ihr Interesse bemerkt hatte, lächelte ihr zu. „Haben Sie
einen Musikwunsch? Wir können fast alles singen."
Renee fühlte sich ertappt, weil sie ihn so angestarrt hatte und wurde
verlegen. Um Himmelswillen, schoss ihr durch den Kopf als ihr
auch noch heiß wurde. Ist das ein Anzeichen für etwas Schlimmes?
Stimmt etwas mit meinem Kopf nicht? Dennoch konnte sie einfach
nicht weitergehen. Der Mann schien gleichaltrig zu sein, hatte vol-

les weißes Haar, hellgraue Augen, die sie forschend musterten und schlanke Finger, die leicht über die Seiten der Gitarre huschten. Die beiden Frauen nahm Renee nicht so genau wahr, denn dieser Mann hatte etwas verdammt Feines an sich, wie ihre Tante Thekla formuliert hätte. Aber mit Männern hatte sie abgeschlossen. Also schien das, was sie etwas durcheinanderbrachte, kein Erröten zu sein, sondern eher etwas Schlimmes anzukündigen.

Deshalb schüttelte sie nur hastig den Kopf und zog Alicia schnell mit sich fort. Oh Gott, schoss es ihr durch den Kopf. Hier gehe ich ganz bestimmt nicht noch einmal vorbei!

Aber am nächsten Abend war sie ohne Alicia wieder da und wagte es sogar, sich auf eine Bank in der Nähe zu setzen. Ohne sich bemerkbar zu machen, saß sie einfach nur da und genoss den Gesang. Sie erinnerte sich an jede Textzeile, die das Trio sang und schwebte in ihren Erinnerungen in eine Zeit, in der die erste Liebe ganz sicher für immer war und sie morgens schon mit Herzchen auf den Augen erwachte. „Das war mein schönster Tanz mit dir", bei diesem Schlager hatte sie Steffen beim Tanztee kennengelernt. Er war leider nicht der Junge mit der Mundharmonika, aber er konnte gut Gitarre spielen. Sie lächelte bei ihren Erinnerungen, einen Freund zu haben, der Gitarre spielte war damals toll. Irgendwann hatten sie sich gestritten und im ersten Schmerz für immer getrennt. Eigentlich schade.

Nachdem mit „Cindy, oh Cindy" der letzte Schlager verklungen war, machte sich Renee sehr nachdenklich auf den Heimweg, immer noch die melodischen Lieder im Kopf, die sie beschwingter ausschreiten ließen. *Eigentlich gibt es doch so viel schöne Dinge auf der Welt,* überlegte sie*, es wäre doch wirklich schade, wenn ich diese Welt so schnell verlassen müsste.*

Aber wenn sie jetzt ernsthaft mehr für ihre Gesundheit tun würde, vielleicht wäre ja ihr Körper noch zu retten?

Nur was genau wäre wichtig und würde ihr auch garantieren, dass sie noch reisen und die Sehnsuchtsorte selbst besuchen könnte, die in den Schlagern so zauberhaft besungen wurden?

Oder vielleicht sogar selbst singen? In der Schule hatte der Musiklehrer immer ihren glockenhellen Sopran gelobt, hoffentlich waren ihre Stimmbänder noch frisch genug! Dann wanderten ihre Gedanken zu ihrer Freundin. Was machte eigentlich Alicia für ihre Gesundheit? Es schien gar nicht so mühselig zu sein, wie sie immer befürchtete, denn die hatte immer gute Laune und klagte nie über Schmerzen, dabei war sie zwei Jahre älter.

Wahrscheinlich handelt es sich wie immer um Dinge, die geheim gehalten werden, aber das würde sie schon herausfinden. Zuhause machte sie sich noch eine Notiz in ihren Kalender. *Alicia unbedingt nach Geheimtipps fragen, Laufschuhe suchen.*

Am nächsten Morgen traute Alicia ihren Augen kaum, als Renee in fast nagelneuen Laufschuhen bei ihr klingelte. „Ist etwas passiert?" Aber Renee tat als sei alles normal. „Ich dachte du freust dich, aber wenn du mich nicht beim Laufen dabei haben willst…"

Weiter kam sie in ihrem Lamento nicht, denn Alicia zog sie lachend zum Ausgang. Anfangs hatte Renee das Gefühl, dass sie endlos weiterlaufen könnte. Die frische Luft und die Bewegung machten sie munterer als ihre doppelte Portion Koffein. Sie hatte auch den Eindruck, dass sie vielleicht noch gar nicht so gebrechlich wäre, wie gedacht, aber nach 20 Minuten flottem Gehen wurde ihr doch die Puste knapp. Alicia musterte sie aufmerksam von der Seite und verringerte das Tempo etwas. „Du bist wirklich fitter als ich dachte, du brauchst einfach noch etwas mehr Übung. Vielleicht bist du durch das erste Mal etwas erschöpft, aber dafür habe ich ein probates Mittel, wenn wir wieder zurück sind."

Nachdem Renee die zwei Treppen bis zur Wohnung ihrer Freundin bewältigt hatte und dort in der Küche auf einen Stuhl gesunken war, glaubte sie ganz sicher nicht mehr lebend nachhause zu kommen, so erschöpft fühlte sie sich.

Aber Alicia zog ihr nur die Laufschuhe von den Füßen und begann den Vorderfuß zu drücken und zu kneten. „Das ist Shiatsu, das kommt aus Japan. Diese Punkte können etwas unangenehm sein, aber sie helfen dir wieder auf die Beine."

Renee hätte am liebsten spöttisch gelacht, aber dafür war sie zu erschöpft. Eigentlich fühlte sie sich der ewigen Ruhe näher als einem Energieschub, aber nach kurzer Zeit schien Alicias Technik zu wirken. Erfrischt ging sie zu ihrer Wohnung zurück und begann einen Plan zu machen. Der angefangene Roman blieb bis zum Abend liegen, stattdessen holte sich Renee passende Bücher aus der Stadtbibliothek, die sie zu mehr Aktivität anfeuern sollten, das erhoffte sie sich jedenfalls.

Nach einem kurzen Mittagsschlaf nahm sie sie sogar als Alibi mit in den Park und gab vor darin zu lesen, während sie dem Schlager-Trio wieder sehnsuchtsvoll zuhörte und leise mitsang. Was hätte sie dafür gegeben wenn sie einfach mitsingen könnte?

Aber irgendetwas hielt sie zurück. War sie menschenscheu geworden oder wurde sie jetzt ein Freak, der alt und brummig wurde wie ihr Großvater Rudolf, der zum Schluss alle Menschen hasste? Sie überlegte, aber der einzige hassenswerte, der ihr einfiel, war ihr untreuer Exmann. Aber die Scheidung war schon so lange her, dass man ihn vergessen konnte.

Vielleicht hatte sie schon damals ein wenig die Freude am Leben verloren und sich die Langeweile in der Verwaltung auch in ihr Leben geholt. Auch jetzt im Ruhestand konnte sie nur richtig aufleben, wenn es um Schlager ging und sie wäre liebend gerne zu einem dieser Oldie-Konzerte gegangen, aber allein machte das keinen Spaß. Alicia interessierte sich leider überhaupt nicht für Musik, sondern mehr für Esoterik und Naturheilkunde. Für Renee dagegen war ausschließlich Schlagermusik heilsam. Dennoch würde sie ab jetzt mehr für ihren Körper tun und auch mit einigen gymnastischen Übungen beginnen, die eines ihrer Bücher vorschlug.

Am nächsten Morgen fiel ihr das Walking schon viel leichter und sie fühlte sich am Nachmittag stark genug, noch dichter an die Gruppe heranzugehen. Jetzt betrachtete sie das Trio aufmerksamer, auch die Frauen. Die beiden schienen in ihrem Alter oder etwas jünger zu sein und hatten, soweit sie das beurteilen konnte keinerlei Anzeichen für Krankheiten oder vorzeitigen Verfall, das sprach für ihre These vom heilsamen Schlager. Die Frau, die rechts von ihr saß, hatte eine angenehm weiche Altstimme und sang auch häufig die Zweitstimme zu den Schlagern. Und sie hatte die weiblichen Rundungen, die sich Renee früher immer gewünscht hatte, denn Männer wie ihr Ex standen auf Kurven. Seinen Lieblingsspruch hatte sie immer noch im Ohr: *Frauen sind wie Frühstück, so ganz ohne Speck ist langweilig.* Aber diese Frau schien damit den Mann nicht beeindrucken zu wollen, sie sang einfach, weil es ihr Freude machte. Dabei bewegte sie lächelnd den Kopf mit kurzen stroh-blonden Haaren im Takt und zuckte auch entsprechend mit den Füßen. Die Frau auf der anderen Seite hatte eher ihre Figur, war aber kleiner und zierlicher. Um ihre langen kastanienbraunen Haare in einem dicken Zopf, hätte Renee sie beneiden können, wenn sie nicht auch diesen selbstvergessenen Eindruck beim Singen ge-macht hätte, den sie von sich selbst kannte.

Das waren wirklich echte Schlagerfans zu denen sie sich schon fast zugehörig fühlte. Gerade heute kam ihr das Trio ungemein sympa-thisch vor, deshalb entschied sie sich, die Gruppe morgen endlich einmal anzusprechen.

Aber am nächsten Tag regnete es wie aus Eimern. Natürlich!
Renee hätte sich am liebsten sonst wohin gebissen, so ärgerte sich
über die verpasste Gelegenheit. Die übliche Litanei in ihrem Kopf,
die meist mit der Frage *Warum* begann stellte sie schnell ab, indem
sie den folgenden Tag genau plante.

Der nächste Morgen war hell und klar und versprach wunderbares
Wetter, allerdings würde es am Nachmittag sehr schwül werden
und Renee freute sich, weil das genau wie bestellt lief. Am Mittag
bereitete sie nach dem Rezept aus ihren Büchern einen Aufguss aus
Blüten von Huflattich und weiteren Kräutern zu, die die Stimmbänder schützten. Er schmeckte zwar eisgekühlt nicht besonders,
aber als sie das Getränk mit frischer Zitrone und pflegendem Ma-
nuka-Honig versetzte, fand sie die Mischung ganz passabel. Mit
diesem Mix in der Kühltasche und passenden Gläsern fiel es ihr am
Nachmittag doch sehr leicht, auf das Trio zuzugehen.

„Sie singen so schön und machen anderen so viel Freude, deshalb
haben Sie eine Erfrischung verdient Außerdem schützt das Getränk
die Stimmbänder."

Das Trio war begeistert und freute sich sichtlich. „Das war sehr
aufmerksam von dir", betonte die Frau mit den strohblonden Haaren. „Setz dich doch zu uns. Wohnst du in der Nähe oder bist du
auch so ein Schlager-Fuzzi wie wir?"

Renee grinste. „Beides. Ich wohne auf der anderen Seite des Parks, komme aber regelmäßig hierher, seitdem ich euch gehört habe. Schlager sind einfach mein Leben."

„Das sollte unsere Tosca mal hören." Diese Bemerkung der Brünetten konnte Renee nicht so ganz nachvollziehen, vermutlich ging es um das Parfüm, aber sie nahm erfreut die Einladung an, sich dazu zu setzen.

„Bist du auch alleine, weil die Kinder irgendwo in der Welt verstreut sind?"

Bei dieser Frage der blonden Frau nickte Renee nur. Ihr Sohn hatte sich nach der Scheidung mehr dem Vater zugewandt und sie sah ihn nur zu Weihnachten, also fast so als ob er in Australien oder Amerika leben würde.

Als die Gruppe weitersang, äußerte sie dann auch den Wunsch, der ihr schon seit dem ersten Treffen am Herzen lag. „Connie Francis mag ich am liebsten, könnt ihr auch von ihr einen Titel singen?"

„Aber sicher", lachte die Frau mit dem Zopf und begann mit „Schöner fremder Mann".

Renee stimmte sofort ein und war so in den Gesang versunken, dass sie gar nicht mitbekam, wie das Trio anerkennende Blicke tauschte. Auch bei „Paradiso unterm Sternenzelt" und „Barcarole in der Nacht" blieb ihre Stimme klar und ausdrucksvoll und was die anderen noch mehr beeindruckte, sie war sogar textsicher.

„Ich glaube, du würdest gut zu uns passen." Die blonde Frau lächelte sie an und auch die Brünette nickte zustimmend. Der Mann äußerte sich noch nicht, sondern stimmte einen sehr alten Titel von Connie Francis an, den Renee schon lange nicht mehr gehört hatte, „My Happiness", eine langsame Walzermelodie, zu der Renee und die Brünette Sopran und die Blonde die zweite Stimme sang. Das klang offensichtlich so gut, dass zahlreiche Parkbesucher stehenblieben und zum Abschluss klatschten. Jetzt schien auch der Mann überzeugt, er lächelte und reichte ihr die Hand. „Ich bin Frank, und das sind Gitta und Mona. Du hast dich heute gut geschlagen, wenn du möchtest, kannst du gerne bei uns mitmachen. Bei drei so starken Stimmen könnte ich mich mehr auf die Instrumente konzentrieren, das macht es für uns alle angenehmer. Was sagst du? "

Renee brauchte nicht lange zu überlegen. „Ich bin dabei", rief sie und blieb sogar noch ruhig sitzen, obwohl sie jetzt am liebsten um die Bank herumgetanzt wäre. Mögliche Konvulsionen zum Kopf oder zu starke Belastung der Gelenke, Risiken, die ihr früher sofort eingefallen wären, meldeten sich jetzt nicht. Sie hatte auch nicht mehr das Gefühl, sich auf diese Mann-Frau-Schiene begeben zu müssen. Frank war jetzt in erster Linie ein Sänger und bestimmt auch irgendwann ein guter Freund.

Von da an trafen sie sich regelmäßig und es wurde der schönste Sommer, den Renee je erlebt hatte. Jeden Morgen lief sie mit Alicia die Walking-Strecke am Rand des Parks, dreimal wöchentlich besuchte sie am Vormittag einen Kurs, der ihr mehr Biegsamkeit verleihen sollte, aber nicht zu anstrengend war. Neu war auch, dass sie jetzt schon häufiger frisches Obst und Gemüse auf dem Wochenmarkt kaufte und sogar ab und zu für sich selbst kochte. So viel hatte sie für ihre Gesundheit noch nie getan und so langsam kam sie zu der Überzeugung, dass sie wohl doch noch einige nette Jahre vor sich haben könnte. Vor allem wenn sie weiter regelmäßig Schlager singen könnte, denn das war immer der Höhepunkt des Tages.

Irgendwann begann sie sich doch Gedanken zu machen, denn auch ein Jahrhundertsommer würde nicht ewig halten. „Wieso singt ihr eigentlich immer im Park? Ihr habt doch keine feuchte Wohnung, oder?"

Frank lachte, während Gitta und Mona eher das Gesicht verzogen. „Es ist nicht nur die frische Luft oder die Leute, die sich freuen, wenn wir singen, es gibt ein echtes Problem. Wir leben nämlich alle in einer Wohngemeinschaft, gleich hier in der Nähe."

„Die Wohnung, die wir haben ist echt toll", unterbrach ihn die brünette Mona. „Aber als wir uns damals als Gemeinschaft getroffen haben, hatten wir wirklich vieles gründlich bedacht und geprüft, aber nicht, dass wir jemanden aufnehmen, die nur Klassik als Musik anerkennt und Schlager sogar so sehr hasst, dass sie gerne wieder ausziehen würde."

„Oh, das muss schlimm sein", pflichtete Renee bei.

„Wenn ich mir etwas vom Universum wünschen dürfte", begann die blonde Gitta, „dann wäre ich dafür, dass unsere Tosca endlich

eine für sie angemessene Unterkunft findet und du zu uns ziehst."
Sie strahlte Renee an, aber die zuckte zurück. „Ich weiß nicht, in
meinem Alter noch so ein Wechsel, ist das nicht ein zu großes Risiko?"

„Aber du kennst uns jetzt schon einige Wochen und außerdem:
Stell dir vor, wir könnten immer und überall das singen, was uns
am besten gefällt. Es gibt keine Diskussionen über das Fernsehpro-
gramm, weil Schlagersendungen für uns alle heilig sind."

„Ich glaube, das ganze Leben ist ein Risiko", bestätigte auch Frank.

„Sich zu verlieben ist schon ein Risiko", unterbrach ihn Gitta. „Anfangs bangst du ob du wiedergeliebt wirst, später bangst du ob du
ihn irgendwann wieder los wirst."

„Schon ein Kuss ist ein kaum zu berechnendes Risiko", lachte Mona. „Hast du eine Ahnung, wie viele Viren und Bakterien in diesem
Moment den Besitzer wechseln? Ungefähr 80 Millionen! Wenn wir
dieses Risiko immer vermeiden würden, wären wir längst schon
ausgestorben."

„Sex ist auch ein Risiko", begann Frank, wurde aber von Gitta unterbrochen, die schelmisch grinste. „Ja vor allem für ältere Her-
ren!"

Die Frauen lachten und Frank lachte gutmütig mit. Renee musste
zwar auch lachen, blieb aber bei ihren Vorbehalten, selbst als Mona
grinsend begann: „Du bist offensichtlich ein schwerer Fall, wir
könnten dich beim Risiko-Kompetenz-Zentrum an der Uni in Pots-

dam vorstellen oder vielleicht auch mit Schlagern davon überzeugen, dass Risiken notwendig sind?"

Als Renee vorsichtig nickte, begann sie zu singen „Lieber mal weinen im Glück, als alleine sein".

„Das genügt bestimmt nicht, Gitte hat das viel konsequenter gesungen", rief Gitta und stimmte an „Ich will alles, ich will alles und zwar sofort".

„Genug", rief Renee. „Ich finde eine WG wirklich interessant, aber bei allem was Hygiene betrifft, hätte ich so meine Bedenken."

„Noch steht ja die Entscheidung nicht an", beendete Gitta den Disput, „aber jedes Risiko minimiert sich, wenn man vorher gründlich prüft. Du kannst uns gerne mal besuchen und dir unverbindlich alles ansehen."

Als Renee am Abend Alicia davon erzählte, redete die ihr zu. „Du kannst vor Ort alles genau prüfen und dann in Ruhe entscheiden, also für mich klingt das nach einer tollen Gelegenheit."

Aber Renee war sich noch nicht sicher, obwohl ihr die Vorteile immer klarer wurden. Einmal hatte sie sogar das Gefühl, dass genau *Tolle Gelegenheit* in weißen Buchstaben auf ihrem Spiegel auftauchte. Das konnte doch nicht sein oder wollte ihr das Universum oder wer auch immer klar machen, was sie nicht sehen wollte? Dennoch freute sich auf den Besuch und als ihr Telefon läutete, erwartete sie eigentlich, dass sich die Frauen melden würden, um den Termin abzusprechen. Sie brauchte einen Moment, um die

Stimme am Telefon zuzuordnen und bedauerte dann doch, so wenig Kontakt zu ihren ehemaligen Kolleginnen gehalten zu haben.

„Hallo Renee", meldete sich Marion aus dem Nachbarbüro. „Ich
hoffe, dass es dir gut geht und du uns in der Rente kaum vermisst,
ich habe eine Bitte an dich. Wir suchen für eine größere Feier eine
Gruppe, die alte Schlager singt. Da ich mich bei Schlagern nicht
auskenne, weiß ich nicht, wen ich ansprechen soll. Aber du kennst
solche Leute doch bestimmt?"

Renee wollte eigentlich auf einen Konzertveranstalter verweisen
als ihr eine Idee kam, die vielleicht furchtbar schlecht oder bom-
bastisch gut sein könnte. Nachdem sie alle Details des Auftrittes
erfragt hatte, holte sie tief Luft und entschied sich. „Ich singe selbst
in einer solchen Gruppe, aber ich müsste deren anderen Termine
erst prüfen und würde mich dann wieder bei dir melden."

Nach dem Telefonat musste sie sich erst einmal setzen, ihr Herz
klopfte sehr schnell, aber sie achtete gar nicht darauf und versuchte
auch nicht wie früher sofort den Blutdruck zu messen, sie freute
sich einfach und war aufgeregt wie ein Kind vor Weihnachten.
Natürlich würde sie die anderen erst überzeugen müssen, aber sie
war sich sicher, dass das ganz einfach wäre.

Als sie jedoch am Nachmittag den gemeinsamen Auftritt vorschlug, sahen sich die anderen nur wortlos an.

„Ach, ich weiß nicht", begann Gitta lahm zu diskutieren. „Ist das
nicht ein zu großes Risiko, wir sind doch keine Profis."

„Und was dabei alles schiefgehen kann", setzte Frank fort. „Ich
könnte den Text vergessen oder noch schlimmer die Melodie."
 Renee sah entsetzt von einem zum anderen, bis sie von Mona er-
löst wurde. „Also wenn dir das Risiko nicht zu groß ist, dann schaffen wir es auch!"

Erst dann wurde sie von den anderen stürmisch umarmt und erlebte
ihre Freude noch einmal mit. „Ihr seid echt Idioten", schimpfte sie
dann gespielt, „aber ich mag euch trotzdem, auch wenn es ein Risiko ist, gemeinsam mit euch eine Bühne zu betreten. Wie wollen wir
uns nennen? Ich wäre für „Sixties", das passt am besten zu den
Schlagern dieser Zeit."

Die nächsten Wochen konzentrierten sie sich nur auf den Auftritt,
der wirklich ein Riesenerfolg wurde. Schon als sie mit „My Happiness" in der englischen Fassung begannen, bekamen sie freneti-
schen Beifall, der ihr Lampenfieber verfliegen ließ. Renee genoss
es auf dieser Bühne und vor diesem Publikum Schlager zu singen
und sie hätte ewig so weitermachen können. Vermutlich sah man
ihr das auch an, denn beim anschließenden Umtrunk, äußerte ihr
ehemaliger Chef erstaunt. „Frau Franke, wie konnte ich Sie denn
schon in Rente gehen lassen, Sie sehen aus wie das blühende Leben."

Genauso fühlte sie sich auch und genauso sollte es weitergehen.
Als sie sich in der kleinen Garderobe umzog und wieder die weiße
Schrift *Tolle Gelegenheit* auf dem Spiegel auftauchte, winkte sie

nur ab. „Ja, ja ich mache es, gleich heute!"

Als die anderen sie dann auf der Rückfahrt an ihrer Wohnung absetzten, konnte sie es nicht mehr zurückhalten.

„Es war heute wirklich toll und dass ich das mit euch gemeinsam erleben konnte, war noch besser. Also wenn die Wohnung annähernd so ist, wie ich sie mir vorstelle, dann habt ihr eine neue Mitbewohnerin, sobald das Zimmer frei ist."

„Darauf einen High five", forderte Gitta und alle klatschten sich ab. Renee fand das ein bisschen albern, aber sie kam sich bei den dreien sowieso immer etwas jünger vor und auch das gefiel ihr.

Seit sie ihre Entscheidung getroffen hatte, fühlte sie sich erleichtert und wartete einfach ab. Den Besuch hatte sie fast schon vergessen, als Mona freudestrahlend kam, um den Termin zu vereinbaren.

„Tosca hat eine Unterkunft gefunden, die stilvoll genug für sie ist und zieht deswegen in zwei Wochen aus. Obwohl ich diese Haltung albern finde: E-Musik ist gut, aber U-Musik ist schlimmer als etwas das unter einem Stein vorgekrochen ist. Warum sollte man nicht beides gut finden? Ich mag auch klassische Musik, aber Schlager halt noch lieber."

Wenn sich Renee später an ihren Umzug erinnerte, dann vor allem daran, wie leicht es ihr gefallen war Dinge loszulassen, die sie nicht mit in ihr neues Leben nehmen wollte und wie wenig sie brauchte, um wirklich glücklich zu sein. Auch Alicia fand die Wohnung und Renees Zimmer absolut passend. Sie lag nur einige Hundert Meter von ihrer bisherigen Wohnung entfernt und hatte wieder einen fantastischen Blick ins Grüne. Renee fühlte sich zwar etwas erschöpft als das letzte Möbelstück eingeräumt war, aber ihr kam nicht einen Moment die Sorge, dem könnte etwas Schlimmes folgen. Ihre Gedanken richteten sich auf die Einweihungsfeier und das erste Hauskonzert, das sicher genauso ein Erfolg werden würde, wie der erste Auftritt der „Sixties". Als sie mit Frank gemeinsam in der Küche die Sektflaschen für die Bowle öffnete und die Flüssigkeit heftig aufschäumte, musste sie lächeln. Genauso schien ihr ihr Leben jetzt zu sein, spritzig und voller EnergieUnd als Gitta und Mona in die Küche kamen und sie strahlend ansangen: „Ich mach ein glückliches Mädchen aus dir", wusste sie genau, dieses Risiko hatte sich gelohnt!

Ende

Von der Autorin sind im BoD-Verlag bereits erschienen:

Cosy- Crime-Geschichten:

- Die Schlager-Goldies greifen ein -1
- Die Schlager-Goldies greifen ein -2
- Die Schlager-Goldies greifen ein -3
- Machen wir es wie Miss Marple - 1
- Machen wir es wie Miss Marple -2
- Sophie und die Krimifrauen vom alten Bahnhof -1
- Sophie und die Krimifrauen vom alten Bahnhof -2
- Sophie und die Krimifrauen vom alten Bahnhof -3
- Der Sonntags-Krimiclub
- Die Geheimnisse der Blauen Zonen

Romane:

- Die Weiberwirtschaft - *Frauenpower im Mühlengrund*
- Die Silver Girls - *Das Programm gegen Jugendschwund*

Unmögliche und fantastische Geschichten 1-6:

- Das gibt es doch nicht!
- Das ist wirklich das Allerletzte!
- Jetzt ist aber Schluss!
- Alles auf Anfang!
- Und wo bleibt mein Wunder?
- Aufgeben ist keine Option!

Kinderbücher

- Der Club der kleinen Millionäre -1-

  Coole Kids und der clevere Umgang mit Geld

- Der Club der kleinen Millionäre -2-

  Von Pfunden, Freundschaft und Hunden

- Der Club der kleinen Millionäre -3-

  Coole Kids und eine rätselhafte Schatzkarte

- Klara und die Monster

  Mit Mut-Punkten gegen die Angst

Ratgeber

- Immer wieder aufstehen!

  Kurzgeschichten zum Mut machen

- Das Monster im Schrank

  Wenn Kinder Angst haben -